岩波文庫

32-438-1

変身・断食芸人

カフカ作
山下肇
山下萬里 訳

岩波書店

Kafka

DIE VERWANDLUNG

1915

EIN HUNGERKÜNSTLER

1924

目　次

変身

I

グレゴール・ザムザはある朝、なにやら胸騒ぐ夢がつづいて目覚めると、ベッドの中の自分が一匹のばかでかい毒虫に変わっていることに気がついた。甲羅《こうら》のように硬い背中を下に、仰向けで彼は寝ており、ちょっと頭を持ちあげると、円《まる》くもりあがった褐色の、弓なりにいくつもの環節に分かれた自分の腹部が見えたが、てっぺんには掛けぶとんが、今にもずり落ちそうになりながら、かろうじてなんとか踏みとどまっている。目の前には、からだに比べて情けないほどにか細い脚が、おびただしく頼りなげにちらちらしていた。

「いったい、どうしたっていうんだろう」と彼は考えた。夢ではなかった。部屋はたしかに自分の部屋、狭いながらも人間の住むまともな部屋が、勝手知った四方の壁に囲まれて静まりかえっている。机には布地の商品サンプルがばらばらに広げられ――ザムザは外まわりの営業マンだった——その上の壁には絵が飾られていたが、それは彼がつい先だって絵入り雑誌から切りぬき、しゃれた金縁の額に入れて掛けておいたものだ。描かれているのは、毛皮の帽子と襟《えり》巻きを身につけ、背筋をのばして坐るひとりの貴婦人で、重々しい毛皮のマフに両腕をさしこんで肘《ひじ》まで暖め、そのマフを見る者にむかって持ちあげて見せている。

グレゴールの視線はそれから窓に移ったが、雨もよいの天気が——窓台のトタン板をたたく雨だれの音がしていた——彼をすっかり憂鬱《ゆううつ》な気分にさせた。「もう少し眠って、たわけたことはきれいに忘れてしまうとしようか」と彼は考えてみたが、いかんせんそれは無理な相談というもの、いつもは右を下にして寝る習慣なのに、今の状態ではその姿勢になることができなかった。いくら右側へ寝返りを打とうと力をふるっても、そのたびにぐらりと揺れて、もとの仰向けに戻ってしまうのだ。バタバタもがいているおびただしい脚は見たくもなかったので、彼は目をつぶって、何度も何度もくりかえしそれを試み、そのあげく、わき腹についぞ感じたことのない鈍痛を軽くおぼえはじめて、ついにあきらめ、やめた。

「まったくもう」と彼は考えた、「なんて、ストレスのかさむ仕事を選んじまったんだろう！　明けても暮れても出張、また出張。会社でのあたりまえの仕事に比べて、商《あきな》いの苦労はずっと大きいし、おまけに、接続列車の心配だの、不規則でお粗末な食事だの、たえず相手が変わって永続きせず、親しくなんてなれやしない人づきあいだの、こうした旅まわりにつきまとう難儀にも手を焼かされる。ああ、何から何までうんざりだ！」彼は、腹の上のあたりが少しむず痒《がゆ》いのを感じた。仰向けのままそろそろとベッドの頭板の方にからだをずらし、顔をもっと高く上げられるようにした。痒い場所は見つかったが、ただ白い小さな斑点がいっぱいくっついているだけで、それが何なのか見当もつかない。一本の脚でそこを触って確かめようとしたが、脚が触ったとたんにぞっと寒気《さむけ》がからだを走ったので、すぐにまた引っこめた。

彼はまたもとの位置に滑り落ちた。「こうして朝に早起きしすぎると」と彼は考えた、「誰だって間抜けになってしまうのさ。人間には睡眠が必要なんだ。ほかの営業マン連中は、ハーレムの女たちのように暮らしてる。たとえば、ようやく取った注文の伝票を送りに昼前に宿に戻ってみると、ご連中ときたらやっと朝の食卓についたところだからね。そんな真似をうちの社長のもとでしてごらんよ。馘《くび》になって放り出されてしまうにきまってる。まあ、そうなった方がぼくにとっても都合がいいのかもしれないけれど。

親のことを思えばこそ我慢もしているが、そうでなかったら、とっくの昔に社長の前に出て、腹にたまった思いを洗いざらいぶちまけてしまい、こちらから暇をもらっているところだ。社長はずっこけて、斜面机から転《ころ》げ落ちるにちがいない！　机の斜めの天板に坐りこみ、高いところから見おろすようにして社員としゃべるんだから、あれも実際おかしな流儀だし、おまけに社長は耳が遠いときてるから、社員はぐんとそばへ寄らざるをえない。しかしまあ、まだまだ希望は捨てたもんじゃない。いつの日か、かならず耳をそろえて——まだ五、六年はかかるかもしれないが——、親の借りた金は、きれいさっぱり社長に返してみせる。そのときこそ、大願成就というものだ。さて、五時の列車に乗るからには、とにかくまず起きる必要があるな」

そこで彼は、戸棚の上でチクタク音をたてている目覚まし時計に目をふりむけた。「しまった！」と彼は思った。時刻は六時半だったが、時計の針は順調に進んでいて、半といっても、すでに四十五分に近づいている。目覚ましは鳴らなかったのだろうか。四時にちゃんと針を合わせてあるのが、ベッドからよく見えた。たしかに鳴ることは鳴ったのだ。ということは、あの目覚ましの音が部屋中を揺さぶっても、平然と寝すごしていたわけだが、しかし、そんなことがありうるだろうか。いいや、平然となんか眠っていやしなかったのだが、それだけいっそう、ぐっすり眠りこけてしまったのかもしれない。でも、これからどうしよう。次の列車は七時だ。それに間に合うためには、めちゃくちゃ急がねばならないが、商品サンプルは広げっぱなしだし、彼自身さっぱり元気が出ず、動きだす気にもなれない。またたとえ列車に間に合ったところで、なにしろ、会社の用務員が五時の列車のときに待ちかまえていて、乗りおくれたことはとっくにご注進に及んでいるにちがいないのだから、社長の雷が落ちることは避けられっこない。あの社長の腰巾着《こしぎんちゃく》は、気骨も分別も持ちあわせていない。ならば、病気だと届けたらどうだろうか。だがそれもどうにも心苦しい話だし、グレゴールは勤めて五年、まだ一度も病気で休んだことがなかったから、怪しまれるのがおちというもの。社長はきっと健康保険医を連れてやってくるだろうし、両親にむかってさぼり息子を非難し、保険医を楯にして、あらゆる抗弁を封じこめてしまうだろうが、そもそも保険医にとっては、ぴんぴんしているくせに働くのをいやがる人間しか存在しないことになっているのだ。ちなみにこの場合、保険医は間違っていると言いきれるだろうか。実際グレゴールは、さんざん眠ったあげくにいらぬ睡気が残っているのを別にすれば、健康そのものであって、強烈な空腹さえ感じていたのである。

ベッドを離れる決心のつかぬまま、彼がこうしたあれこれを超特急で思いめぐらしていると——十五分ごとに告げる目覚ましが、ちょうど六時四十五分を打った——ベッドの頭板側のドアを注意深げにノックする音がした。「グレゴール」と声が呼んだ——母親だった——、「もう七時十五分前ですよ。出かけなくていいの」あの穏やかな声だ！しかしそれに対する自分の返事が聞こえると、たしかに前からの自分の声にまぎれもないものの、その声には、なんだか下の方から出ているような、抑えようにも抑えきれない、苦しげで甲高いヒイヒイいう音がまじっていて、そのため言葉は、初めのほんの一瞬だけしか明瞭さを保つことができず、響きが残ってぶちこわしてしまい、相手がちゃんと聞きとれたかどうか、わからないほどだったので、グレゴールはギョッとした。彼はくわしく何もかも答えて説明するつもりでいたが、この有様とあってはやむをえず、「はい、はい、ありがとう、母さん、もう起きていますから」と言うだけにした。木のドアに隔てられて、向こうには、グレゴールの声の変化がわからなかったのだろう、母親はこの説明を聞いて安心し、足をひきずって去っていった。ところがこのちょっとしたやりとりのおかげで、グレゴールが意外にもまだ家にいることが他の家族たちにも知れわたってしまい、とたんに父親が、片側の側面ドアを軽く、だが拳骨でノックした。

「グレゴール、グレゴール」と彼は大声で呼んだ、「いったい、どうしたっていうんだ」さらにやや間をおき、声を低くしてもう一度、「グレゴール！　グレゴール！」とせきたてた。けれども反対側の側面ドアでは、妹が小声で心配そうに、「兄さん、どこか具合でも悪いの。何か入り用かしら」と言っている。部屋の両側にむけてグレゴールは、「もう、支度は、できてますよ」と、できるだけ発音に気をつけ、一語ごとに長い間をおき、自分の声が奇妙に聞こえないように努力して答えた。父親も朝食に戻っていったが、妹はささやくように、「兄さん、開けてよ、ねえ、お願いだから」と言った。しかしグレゴールは、ドアを開けることなど夢にも思わず、出張の旅に学んだ用心のよさで、家の中でも夜分にはすべてのドアに錠をおろしておき、本当によかったと思った。

さしあたり彼の望みは、誰にも邪魔されずに静かにベッドを出て、服に着がえ、何よりも朝食をとることであり、あとのことはすべてそれから考えるつもりだったが、というのも、ベッドの中でよくよく考えてみたところで、何もまともな結論は得られやしないことは、わかりきっていたからだ。これまでにも、きっと寝相の悪いせいか何かでだろう、ベッドで軽い痛みを感じても、起きてみるとただの気のせいにすぎないことがよくあったのが思い出され、今日の自分の錯覚や幻影にしても、どのみちいつしか雲散霧消していくものと、すでにして彼は心待ちにしていた。声変わりも、出張あいつぐ営業マンの職業病、たちの悪い風邪にかかった兆候にちがいなく、そのことに少しも疑いをさしはさまなかった。

掛けぶとんを撥《は》ねのけることは、簡単そのものだった。ほんのちょっと腹を膨《ふく》らませさえすれば、おのずと滑り落ちた。だがそれから先が厄介なことになったのは、なんといっても、彼のからだの嵩《かさ》が並みはずれて張っていたからだ。このからだを起こすには、両腕、両手が必要だったろう。ところがそれらの代りに、小さなおびただしい脚があるばかり、それもたえずばらばらに動くので、とうてい彼の手に負えたものではなかった。脚を一本だけ折りまげようとすると、かえってそれが真っ先にぐっと伸びてしまう。やっとどうにかその脚で思いどおりのことができたかと思うと、その間にほかのすべての脚が、ワッと解放されたかのように、やたらドンチャン騒ぎをやらかしたりしている。「とにかく、ベッドの中でいつまでもグズグズしていないことだ」とグレゴールは自分に言いきかせた。

まず彼は、自分のからだの下の部分からベッドを降りるつもりだったが、ちなみにいえば、まだ目にしてもおらず、どんな具合か見当もつかずにいた下半身は、とても動かしにくいことが判明した。ゆっくり少しずつしか動かないのだ。とうとうしまいにはほとんど逆上し、ありったけの力をふりしぼって、前後の見さかいもなく前にからだを突き出したが、とたんに方向を誤って、ベッドの足板にいやというほどぶつけてしまい、彼は灼《や》けつくような痛みを感じて、この下半身こそが、今や自分のからだで最も感覚の鋭敏なところらしいことを教えられた。

そこで今度は、まずは上半身をベッドから出させるべく、慎重に頭をベッドの脇の方へずらしていった。これはあっさりうまくいき、からだも嵩があって重いのに、ゆっくりと頭をずらしていくにつれて、どうにかしまいには傾いてくれた。だが、頭がようやくベッドの外に出て、宙に浮かんだかたちになると、このままさらに前へ乗り出すのが彼には不安になってきたが、なにしろ結局はドスンと床へ落ちるわけで、そうなると、まさに奇蹟《きせき》でもおこらぬかぎり、頭を強打せずにはすみそうもないからだった。この今こそは、なんとしてでも正気を失ってはならないのである。そんなことになるくらいなら、ベッドに留まっている方がましというものだ。

しかし、また同じ苦心をくりかえしたあげくに、ため息つきながら以前と同じように横になると、小さな脚たちが前にもましていがみあっているらしいのが彼の目に入ってきたが、この勝手ないさかいに安寧《あんねい》秩序をもたらす手だてもないまま、ふたたび彼が自分に言いきかせたのは、とてもこのままベッドにじっとしているわけにはいかんな、ベッドから解放される希望はわずかしかないとしても、一切をなげうってそれにあたることこそ道理というものだ、ということだった。だがその一方で彼は、見込みのない決心をするよりは、とっくり落ち着いて考える方がずっとよい結果を生むことも、けっして忘れてはいなかった。そんなあわいに、彼はできるかぎり鋭い目を窓外へむけてみたが、朝の霧が狭い通りの向こう側まで包みかくしていて、残念ながら、確信も活力も貰うことはできなかった。「もう七時か」目覚まし時計が新たな時を打つと、彼は独りごちた、「もう七時というのに、あいかわらずのこの霧だ」そしてしばらく彼は、息をひそめて静かに横たわっていたが、まるで、こうして身じろぎもせずにいれば、あの現実の住み馴れた生活がまた戻ってくるのではないか、と期待しているかのようだった。

だがそれから彼は、「七時十五分を打つまでには、何がなんでも完全にベッドを離れてしまっていなければ。いずれにしてもそれまでに、誰か会社からも様子をうかがいにやって来るだろう、会社は七時前には始まっているのだから」と自分に言いきかせた。そして彼がとりかかったのは、起きあがりこぼしのようにからだをくまなく均等に揺らして、ベッドの外へ跳《と》び落ちることだった。この方法でベッドから落ちることができれば、そのときには顔をそっと持ちあげておくつもりなので、頭は大丈夫、強打しないですむ。背中は硬そうだ。絨毯《じゅうたん》の上へ落ちても、きっと何ともないだろう。何よりも気になるのは、落ちるとかならず響くはずの、ドスンという大きな物音で、家中のドアの向こうで、ギョッと驚かぬまでも、きっとひどく心配するにちがいない。だが、思いきってやってのけるほかなかった。

はやくもからだ半分がベッドからせりだしたとき――新手の方法は苦労というより遊びみたいなもので、ただからだをぐいぐい揺り動かしさえすればよかった――、誰かが手を貸しにきてくれれば、すべて簡単にすむのに、とグレゴールは思いついた。力のある者が二人そろえば――父親とメイドを彼は思い浮かべた――まったく充分だろう。円くせりあがった背中の下に二人が腕をさしこみ、ベッドから剝《は》ぎとって、抱えたまま下にかがみこむところまでやってくれれば、自分でくるっと回転して床に着地できるから、あとはただ、じっと見守っていてくれればいいので、願わくは、小さな脚たちにこそ役割どおりの働きをしてもらいたいものだ。とはいうものの、ドアにはみな錠がおりているのだから、一切それを度外視して、手を貸してくれ、とさけぶわけにも、実際のところいかないのではないか。何もかも八方塞《ふさ》がりにもかかわらず、こう考えると彼は、おのずと微笑が浮かぶのを抑えきれなかった。

すでに彼は、もう一度強く揺さぶれば均衡を失って転げ落ちるまでになっていたし、あと五分で七時十五分になるところだったから、すぐにも最後の断を下す必要があった、――そのとき、玄関口でベルが鳴った。「誰か、会社から来たな」と彼は胸の内でつぶやき、ほとんど身のこわばる思いがしたが、小さな脚たちはますますせわしげにちらちらした。一瞬、あたりがしんと静まりかえった。「誰も開けてやらないんだ」と思って、彼は何かいわれなき希望にとらえられた。しかしもちろん、いつものようにメイドがしっかりした足取りで出てゆき、玄関を開けた。客の最初の挨拶《あいさつ》を耳にしただけで、グレゴールにはそれが誰だかわかった――部長が自分でやってきたのである。なんの因果でグレゴールだけが、よりによって、ちょっとサボればすぐ大袈裟《おおげさ》に疑いをかけるような商事会社に勤めるめぐりあわせになったのだろう。いったい商社員たるもの、どいつもこいつもぐうたらな奴らばかりで、たった二、三時間にしろ朝の時間を仕事に使わなかったからといって、良心の呵責《かしゃく》に気もそぞろになり、まさにそれゆえにこそベッドを離れられないでいる忠実で献身的な人間なぞ、ひとりもいないとでもいうのだろうか。実際、様子の問い合わせをさせるのなら、若い見習い従業員でもひとり寄こせばたくさんなのであって——そもそもこんな問い合わせが必要としての話だが——、部長がみずからお出ましになり、そうすることで、この疑わしい事件の調査は部長の一存に任せられているのだと、何の罪もない家族全員に見せつける必要があるのだろうか。こうあれこれ考えをめぐらせてくると、グレゴールはいつのまにか感情が昂《たかぶ》ってきて、しっかり決心してというよりもこの激昂のあげくに、全力をふりしぼってベッドから跳び落ちた。ドスンと音がしたが、大音響というほどではなかった。絨毯のおかげで墜落の度がやわらげられ、グレゴールが考えていた以上に背中も弾力があったから、さほど耳につかない、陰にこもった音になったのだ。ただ頭だけは、あまり気をつけて持ちあげていなかったので、床に打ちつけて傷《いた》めてしまった。彼は腹立たしさと痛みのために、首をまわして絨毯に頭をこすりつけた。

「あの中で、何か落っこちましたな」と、部長が左の隣室で言った。グレゴールは、今日の彼と同じようなことがいつか部長の身にも起こらないものか、と想像してみた。こういうことが起こらないとは、誰にも予断できないのだから。しかしそのとき、まるでこの問いにたいする手荒い返答であるかのように、隣室の部長が何歩か断固とした足どりで歩き、エナメルの編上げ靴をキュッキュと軋《きし》ませた。右の隣室からは、妹が彼に知らせようとして、「兄さん、部長がそこに来てるのよ」とささやきかけてきた。「わかってるさ」とグレゴールはなにげなさそうにつぶやいた。妹に聞こえるほどの大きな声は、あえて出さなかった。

「グレゴール」と今度は左の隣室から父親が言った、「部長さんがおいで下さって、どうしておまえが朝の列車で発《た》たなかったのかとお訊《たず》ねだぞ。私らには、どう申しあげたらよいのかわからん。とにかく、おまえとじかに会って話したいとおっしゃる。だから、ドアを開けなさい。部屋が散らかっていても、大目にみるお気持でいらっしゃるよ」「おはよう、ザムザ君」と部長が親しげに言葉をはさんで、呼びかけた。すると母親が、「あの子は具合がよくないのでございますよ」と、父親がまだドアの前でしゃべっているあいだに、部長にむかって言いだした、「具合がよくないのでございます、嘘は申しません、部長さま。そうでなかったら、いったいどうしてグレゴールが列車に乗りおくれたりいたしましょう！　あの子はまったく仕事のことしか頭にないのですもの。夜分でもいっこうに外出しようともしませんので、わたしの方がやきもきしてくるくらいなんでございますよ。このところもう一週間も町におりますのに、毎晩家にこもりっきり。

うちの食卓に坐りこんで、静かに新聞を読むとか、いろんな時刻表を調べるとかしております の。そういえばあの子の気晴らしは、糸鋸《いとのこ》細工に取りくむことですわ。たとえば、つい先だっても二晩か三晩かけて、小さな額縁をひとつこしらえました。とてもしゃれているので、びっくりなさいますよ。部屋の中に掛けてございますの。グレゴールがドアを開ければ、すぐお目にとまります。とにかく部長さま、お越し下さって、ほんとに嬉《うれ》しゅうございます。わたしどもだけでは、グレゴールにドアを開けさせるわけに参らなかったと思いますもの。あの子はとても強情っぱりでございましてね。でもやっぱり、具合がよくないのでございますよ、朝方には、何でもないと申しておりましたけどね」

「いますぐ、まいります」とグレゴールはゆっくり慎重に言い、一言も会話を聞きもらすまいと、身じろぎもしなかった。「どうも奥さん、その通りにちがいありませんな」と部長が言った、「私だって、ゆゆしいことではないと考えたいですよ。それにまた、私が別の面からも申し上げなきゃならんとすれば、われわれビジネスマンたるもの――それが幸か不幸かは当人しだいですが――ちっとやそっとのからだの不調ぐらいは、まずは大方、仕事が大事とばかり、あっさり吹きとばさずにはいられぬものでしてね」

「じゃ、もう、部長さんにお入りいただいてもいいかな」しびれをきらした父親が問いただして、またもやドアをノックした。「だめです」とグレゴールは言った。左の隣室には気まずい沈黙がおき、右の隣室では妹がすすり泣きはじめた。

なぜ妹はほかのみんなの方に行かないのだろう。さては今しがたベッドから起きたばかりで、まだ着がえようともしてなかったんだな。それにしても、いったいなぜ泣くのだろう。グレゴールが起きないし、部長を中へ入れないからだろうか、失職しそうな瀬戸際だからか、失職すれば、またまた社長が昔の債権をもちだし、両親を責めたてるというわけか。だがそうした心配は、さしあたり無用の取越し苦労というものだ。まだグレゴールはここにいるし、自分の家族を見捨てるなんて毛頭考えてさえいない。たしかに目下はこの絨毯に寝ころがっており、この有様を見たら誰だって、部長を中へ入れるべきだなどと、本気で思うはずもなかろう。だが、こんなことは些細な、それも後になれば適当な言いわけのいくらでも見つかる無作法であって、それを楯にとって、まさか即刻解雇されるわけはないのだ。だから今は、泣いたり説得にかかったりして邪魔だてせずに、そっとしておいてくれる方がずっと得策なのに、とグレゴールには思われたのだった。とはいえ、ほかならぬこうした優柔不断なところこそが、ほかのみんなを困らせ、その振舞いを無理からぬものとさせてしまっていたのである。

「ザムザ君」と今度は部長が一段と声を高めて呼びかけた、「いったいどうしたんだね。きみは自分の部屋にバリケードを築いて、ただイエスかノーとしか返事をせず、ご両親にはとんでもないつまらぬ心配をかけ、それに――これは事のついでに申し及ぶんだが――職務上のさまざまな義務を前代未聞のやり口でサボっている。私はここでご両親と社長の名において述べるが、まったく真面目《まじめ》な話、きみの現状のハッキリした説明を要求したい。いやあ、まいった、まいった。きみはおとなしい賢明な人間だとばかり思っていたが、どうやらだしぬけに、奇妙な気まぐれをひけらかし始めるつもりらしいな。社長は今朝はやく私に、無断欠勤の理由はあれかな、とほのめかしておられたがね――つまり、先だってからきみに委せてある債権取立てがからんでのことじゃないかってね――、しかし私は、それはちょっと見当はずれでしょう、と誓約せんばかりに言って、とりなしておいたんだ。ところがどうだ、ここでこうしてわけのわからぬ意固地なところを見せつけられると、きみのために力を尽くそうという気持も、一切けしとんでしまうよ。それにきみの会社でのポストにしたところで、さして安泰というわけじゃないんだからな。もともと私は、こうした一切合切を二人っきりの機会に話すつもりでいたのだが、こうしてきみが私の時間を無駄につぶしてくれるおかげで、ご両親のお耳に入れてはならぬ理由もなくなったというものだ。きみの最近の営業成績ときたら、まことに芳《かんば》しからざるものだったな。そりゃあ、かきいれシーズンでなかったことは認めるがね。しかし、あがったりのシーズンなんてありっこないんだ、ザムザ君、あってはならんのだよ」

「しかしですね、部長」とグレゴールは何もかも忘れてパニックをおこし、さけんだ、「もうすぐです、ただ今ドアを開けますから。いささか体調が悪く、眩暈《めまい》がして、起きられなかったんです。いまだにベッドの中にいる始末でして。でももう、すっかりいいんです。ちょうど今ベッドから降りるところです。もうちょっとだけ、ご辛抱下さい！思ったほどまだよくはありませんが。でも私はもう大丈夫ですから。私ひとりだけこんな目にあうなんて！　両親もよく知ってますけれど、昨夜はまだとても元気だったんですが、でもそういえば、昨夜のうちから不吉な予感がしないでもありませんでした。はたから見れば、おかしかったに違いありません。どうして会社に知らせておかなかったのでしょうか！　でも、なにしろいつだって、病気ぐらい、家で休むまでもなく克服できると心得ておりますので。部長！　うちの両親のことはお手柔らかにお願いします！今ちょうだいしたようなお咎《とが》めは、すべて根も葉もないことです。実際、あのようなこと、誰にも言われたことはございません。私のお送りした最近のいくつもの注文伝票を、ひょっとしてまだご覧になっておられないのではないでしょうか。とにかく、とりあえず八時の列車で私は発ちます、二、三時間休んだら、元気になりました。どうぞお構いなく、お引きとり下さい、部長。私はすぐにでも仕事にかかりますので、恐縮ですが、ひとつそのことを社長によろしくお伝え下さい！」

　自分でも何を言っているのかよくわからぬまま、こうしたすべてを一気にまくしたてているうちに、ベッドですでに会得した習練のたまものなのか、グレゴールはいつしか戸棚に近づいており、今や、その戸棚につかまって、立ちあがろうとしていた。彼は実際にドアを開き、わが身をさらして、部長と話をするつもりだった。今こんなにも彼に会いたがっているみんなが、この姿を目にして何と言うか、知りたくてたまらなかった。みんなが肝をつぶすとしても、それはもはやグレゴールの責任ではないので、冷静にしていればよい。しかしみんながすべて冷静に受け入れるようなら、彼としてもやきもきする理由がなくなって、急げば本当に、八時に駅に着くこともできようというものだ。はじめ二、三度はつるつるする戸棚から滑り落ちたが、最後に彼はひとふんばり弾みをつけ、まっすぐ立ちあがった。下半身の痛みは灼けるようでもあったが、もう眼中になかった。次いで近くの椅子《いす》の背もたれに寄りかかり、背もたれのへりに小さな脚たちでしがみついた。そのおかげで彼は自制心も取り戻し、やっと部長の言うことに耳を傾けることもできるようになって、黙りこんだ。

「たった一言でも、おわかりでしたかな」部長が両親に訊《たず》ねた、「まさか、われわれをからかっているわけじゃないでしょうね」「滅相もございません」と、はや涙声で母親はさけび、「あの子はきっと大変な病気なんでございますよ、それをわたしたちったら、あの子を困らせて。グレーテ！　グレーテ！」とさらに金切り声をあげた。「なによ、母さん」妹が反対側からさけびかえした。二人はグレゴールの部屋ごしに会話していた。「すぐにお医者さまへ行っておくれ。グレゴールは病気なんだよ。はやく医者《せんせい》をね。いまグレゴールが言ったのを聞いたかい」「あれは獣の声というものでしたな」と部長が言ったが、その声は母親の金切り声に比べ、ずっと低かった。「アンナ！　アンナ！」と父親が玄関ホールごしに台所にむかってどなり、両手をバチンとたたいて、続けた、「すぐに、錠前屋を連れてくるんだ！」すると二人の若き娘はたちまち、スカートをはためかせて玄関ホールを駆けぬけ――いったい何時《いつ》のまに妹は着がえたのだろうか――玄関のドアをさっと開けた。ドアの閉まる音はいっこうに聞こえない。開けっぱなしたまま、行ってしまったのだろうが、大きな不幸におそわれた家では、けだしありがちなことだった。

グレゴールはしかし、だいぶ気持が落ち着いてきた。やはりもう、彼の言うことは誰にも理解してもらえないのであり、自分ではけっこう、いつも以上に言葉がはっきりしていたと思っていても、それはきっと耳が馴れたからなのだろう。だがいずれにしろ、今はもうみんなが、彼の様子はただごとではないと確信し、彼を助けようという気になっている。断固としてなされた最初の指図が、彼には心地よかった。これでまた人間の仲間に加えられたという気がして、医者と錠前屋から、両者のどちらでもいいのだが、驚くほどすばらしい成果を期待した。近づく大事な話し合いのために、できるだけ声をはっきりさせておこうと、彼は軽く咳《せき》を、それも、こうした物音でさえ人間の咳ばらいとは違って聞こえかねないから、できるだけ音を出さないように心がけて咳をしたが、彼自身にとってはもはや、そんなことはどうでもよいことだった。そうこうしているうちに、隣室はしんと静まりかえった。おそらく両親は部長と食卓に坐り、ひそひそ話をしているのだろう。もしかしたら、みんなでドアにぴったり寄りそって、聞き耳をたてているのかもしれなかった。

グレゴールは椅子の背もたれに寄りかかったまま、椅子を押して徐々にからだをドアのところへずらしてゆき、そこで椅子を手放すと、ドアにしがみついてまっすぐに立ち――彼の小さな脚の先はみな、裏の膨らみにいくらか粘着性があったのだ――しばし重労働をやめて一息ついた。さてそれから彼は、ドアの鍵穴にさしこまれている鍵を口にくわえ、まわす作業にとりかかった。そもそも口に歯のようなものは、あいにく一本もないらしかったが――それで、どうやって鍵を噛《か》めっていうのだろう――でもそのかわりに、顎《あご》はもちろん頑丈この上なかった。事実また、顎の助けで鍵を動かすことはできたのだが、知らぬまにどこか傷つけたらしく、褐色の液体が彼の口もとから流れだし、鍵をつたって床にぽたぽた滴《したた》り落ちた。「ほら、聞いてごらんなさい」と隣室で部長が言った、「鍵をまわしてますよ」それはグレゴールにとって、大きな励ましの声だった。とはいえ、全員で彼に大声をかけてくれてもよさそうなもので、父親にしろ母親にしろ、「がんばれ、グレゴール」とか、「さあ、もうすぐだ、しっかり鍵を噛んで!」とか、さけんでくれてもいいのではないだろうか。彼は、みんなが固唾《かたず》を呑んで自分の奮闘ぶりを見守っている姿を思い浮かべながら、あらんかぎりの力をふりしぼり、夢中で鍵を噛みつづけた。鍵の回転が進むにつれ、彼のからだもまた、錠のまわりをまわって舞った。

今や彼は、鍵をくわえている口だけで直立しているかと思うと、ある時は鍵にぶらさがったり、すぐにまた、全身の重みを鍵にかけたりしている。とうとう錠前がパチンと開いて、その澄んだ音色が、グレゴールを文字どおり我にかえらせた。息をつきながら、「これで、錠前屋に来てもらう必要はなくなったぞ」と彼は独りごち、そして、頭を把手《とって》の上にのせて押し、そのドアをすっかり開け放そうとした。

　こんなふうにしてドアを開けるしかなかったので、両開きドアの一枚がすでにかなり大きく外に開けられていても、まだ誰も彼自身の姿を見ることはできなかった。彼はとりあえず、もう一枚のまだ開けられていないドアにつかまりながら、のろのろ巡《めぐ》らなければならず、しかも、隣室へ入ったとたんに仰向けに倒れるようなぶざまな姿だけはさらしたくなかったので、慎重に行なわなければならなかった。そうやってわき目をふる暇もなく、なおも彼が厄介な運動に粉骨砕身していると、まず、部長の「ああっ！」という大きな叫び声が聞こえ――まるで風がうなりをあげているような声だった――それから部長の姿も目に入ったが、ドア寄りにいた部長は、あんぐりあけた口を手で押さえながら、目に見えない力にたえず押しまくられているかのように、じわじわ後ずさりしていった。母親はというと――部長もおいでだというのに、昨夜から解いたままの髪を逆だたせて、そこに立っていた——はじめは両手を合わせて父親をじっと見つめていたのだが、グレゴールの方へ二足歩《ふたあし》みよると、ぱっと開いたスカートの真ん中にヘタヘタとくずおれてしまい、顔は胸の中に埋もれて、すっかり見えなくなった。父親は喧嘩腰で拳骨をかため、グレゴールを自分の部屋へ突きもどさんばかりにしたが、やがておずおずと居間を見まわし、それから両手で目をおおうと、がっしりした胸をふるわせて、泣き出した。

こうなるとグレゴールは隣室へ入るわけにもいかず、両開きドアの一枚、まだ固く止め金のかけられているドアに、内側からもたれかかっていたため、からだ半分と、その上の斜めにかしげた頭だけしか向こうからは見えなかったが、そのままあたりを眺めまわした。いつのまにか外はずっと明るくなっていた。霧も晴れ、通りの向こう側にはだらだら長い、濃い灰色の建物——病院だった——の一部が見えていて、その前面にはきちんと規則正しく窓が並んでいる。いまだ雨は降りやまず、一粒ずつ目に見えるほど大粒のしずくが、雨脚もまばらに地上に落ちていた。隣室の食卓には、朝食の食器が数多く並べられていたが、なにしろ父親にとって朝食は一日でいちばん大事な食事で、いろいろな新聞を読みながら何時間もねばるのである。ちょうど向かいの壁には、グレゴールの軍隊時代の写真が掛かっており、少尉姿の彼は、軍刀に手をのせ、屈託なげな微笑を浮かべて、自らの挙止と制服に敬意をはらえと言わんばかりだ。隣室から玄関ホールに通じるドアが開いていて、さらに玄関のドアも開けられていたので、玄関先や、階下に通じる階段の踊り場までが見通せた。

「では」と言いながらグレゴールは、自分ただひとりが平静を保っていることをはっきり意識した、「すぐに着がえて、布地のサンプルは鞄《かばん》にしまい、出かけることにいたします。みんな、それでいいんだよね、私が出かけさえすれば、それでね。さて、部長、ご覧のように私は強情っぱりではございませんし、働くのが好きなんです。旅行は骨が折れますが、出張しなければ生活していけません。部長、これからどちらへおいでになりますか。会社ですか。そうですよね。万事ありのままにご報告下さるのでしょうか。人間誰しもちょっと働けない時というものはあるものですが、しかしそういう時にこそ、それまでの営業成績を思いだし、具合さえよくなれば、かならずや前にも増して精励恪勤《せいれいかっきん》して働くだろうということをご考慮いただきたいものです。むろん社長には大変恩義を感じておりますが、それは部長もよくご存知の通りです。また一方、両親や妹のことも懸念されます。板ばさみで困っているのですが、でもなんとかまた切りぬけるつもりです。ですがとにかく、もうこれ以上のやりきれない話はたくさんです。どうか会社では私をごひいきにお願いいたします！　外まわりの営業マンは好かれていません、わかってます。うまい汁を吸ってしこたま儲《もう》け、いい暮しをしていると思われているのです。こういう偏見を正すきっかけもとくにありませんし。しかしですね、部長、平《ひら》の社員たちよりも部長は状況をよく呑みこんでおいでで、いやそれどころか、ここだけの話ですが、経営者としてのお役目がら、とかく判断を狂わせて、簡単に一社員に不利益をこうむらせておしまいがちの社長ご自身よりも、大局をつかんでいらっしゃいます。部長もよくご存知のように、ほとんど一年じゅう会社にいない営業マンは、陰口やら偶然やら根も葉もないクレームなどの犠牲になりやすいのですが、身を守ろうにも、たいていの場合こちらの耳にはなんにも聞こえてこない以上、どうしようもないわけでして、疲労《ひろう》困憊《こんぱい》して出張を終え、家に帰りついたときに、もう何が原因やらわからなくなっている悪い結果を、身をもって感じることがあるだけです。どうか、部長、お帰りになるのでしたら、その前に一言でいいですから、おまえの言うことにもすくなくとも一理はあるな、と私にお聞かせ下さい！」

しかしグレゴールが最初の一言を切りだすや、部長はくるりと背をむけてしまったものの、蔑《さげす》むように唇をとがらせ、すくめた肩ごしに振りかえって、グレゴールから目はそらさなかった。そしてグレゴールのしゃべっているあいだも、部長はちっともじっとはしておらず、グレゴールに目をやりながら、さながらこの部屋を退去してはならぬという秘密の禁足令でもあるかのごとく、こっそりとドアの方へ、ゆっくり少しずつ移動していった。ようやく玄関ホールぎわにたどりつくと、最後に部長はいきなりの早業《はやわざ》を見せて、居間から足を引き抜いたのだったが、はたから見ると、それはまるで、靴底に火が点《つ》いて慌てふためいているかのようだったのではなかろうか。そして玄関ホールに入ると部長は、さながらそちらで天の救いが自分を待ちうけているかのように、外の階段室の方へ右手をおもいきり差しのべた。

部長をこんな気分で帰らせてしまったら絶対にまずいし、こんなことで会社でのポストを危うくさせてはならない、とグレゴールは気づいた。両親には、こういうことがよく呑みこめていない。この会社にいればグレゴールはもう一生安泰と、長年のあいだに思いこんでしまっており、今は今で、目の前の心配事にかまけていて、先の見通しどころの騒ぎではない。しかしグレゴールには、この先の見通しがついていた。部長を引きとめ、慰留し、納得させて、最終的には味方につけなければならない。グレゴールとその一家の将来は、まさしくその成否にかかっている！　ああ、妹さえここにいてくれたらな！　妹は頭がいい。グレゴールがまだ悠々とベッドで仰向けになっていたときに、すでにもう泣いていたくらいだ。それに、女性に甘い部長のことだから、きっと妹にいいように言いくるめられてしまうだろう。妹なら、居間のドアは閉めておいて、玄関ホールで説得し、ふるえあがっている部長を思いとどまらせてくれるはずだ。だが、その肝腎の妹がここにいないのだから、グレゴール自身がしかるべき手をうつ必要があった。今の自分にどれだけ動きまわる力があるのかまだ皆目わかっていないことも、自分のしゃべった言葉がもしかしたら、いや十中八九、またもや誰にも理解されなかったにちがいないことも、彼はもはやすっかり念頭になくなって、もたれかかっていた一枚のドアから身を離した。グレゴールはドアの開口部に出た。すでに玄関先の階段の踊り場で奇妙な恰好《かっこう》をして両手で手すりにしがみついている部長めざし、進んで行こうとしたのである。だがたちまち彼は、つかまるものを求めて小さな叫び声をあげながら倒れ、おびただしい小さな脚たちを下にして腹ばいになってしまった。しかしそのとたんにグレゴールは、この朝はじめて、からだが本当にくつろいだ心地がしたのだった。小さな脚たちは、力強く床に踏んばっている。嬉しいことに、まったく思い通りに動くではないか。

彼の行こうとする方向へ、ちゃんと運んでくれようとさえしている。苦しかった病《やまい》がすっかり癒《い》えるのもまもなくだ、と彼は早合点した。ところが彼がそのままからだを揺すりながら母親のすぐそば、ちょうど向かいあう床にまで来て、もう進むのはやめて這《は》いつくばった、ちょうどそのときのことだったが、ぼんやり放心しているように見えた母親が、いきなりぴょいと跳びあがるや、両腕をひろく伸ばし、指という指をひらいて、「助けて、後生だから、助けて！」と悲鳴をあげたばかりか、グレゴールをもっとよく見ようとするかのように、顔を下に向けてこそいたものの、それとはうらはらに、さらに無意識のうちに後ろ向きに走りだしたのである。その方向には朝食の用意された食卓があったが、母親はそのことを忘れていた。食卓までたどりつくと、茫然自失の態《てい》であわててその上に坐りこんだ。その結果、すぐわきで大きなコーヒー・ポットがひっくりかえり、流れでたコーヒーが絨毯の上にジャージャーこぼれ落ちたが、母親はまったくそれに気がつかないらしかった。

「母さん、母さん」とグレゴールは低い声で言いながら、母親の方を見あげた。その瞬間、部長のことはきれいに彼の頭から消えていた。そのくせ流れ落ちるコーヒーが目に入ると、いくたびも顎をぱくつかせずにはいられなかった。それを見た母親は、またしても悲鳴をあげながら食卓から逃げだし、駆けよった父親の腕の中に倒れた。しかし今のグレゴールには、両親にかまけている暇はなかった。すでに部長は階段を降りはじめていた。手すりから顎をつきだし、最後にもう一度と振りかえっている。なんとしてでも追いつこうと、グレゴールは突撃を開始した。部長は何か気配を察知したにちがいなく、階段を一挙に何段も跳びおりて、姿を消してしまった。「ひゃあ！」という叫び声が、しかし、吹き抜けの階段室全体に響きわたって残った。いまいましいことに、比較的それまでは落ち着いていた父親までもが、この部長の逃亡で、完全に取り乱してしまったらしく見え、というのも彼は、自分で部長のあとを追って走るでもなく、せめてグレゴールが追跡するのを邪魔だてしないでいてくれるどころか、部長が帽子やコートと一緒に椅子に置きざりにしたステッキを、右手でぎゅっとつかみ、左手で食卓から大判の新聞をとるや、地団駄を踏みながらステッキと新聞を振りまわして、グレゴールをもとの部屋へ追いかえそうとかかったのである。いくらグレゴールが頼んでも、どうにもならず、頼む言葉は通じさえせず、どんなにへりくだって頭を下げても、父親はますます強く足を踏み鳴らすばかりだった。向こうでは母親が、寒空《さむぞら》というのに窓を大きく開けて身を乗りだし、両手でかかえた顔をぐいっと突きだしている。窓の外の路地から吹きこんだ強い一陣の風が、家の中を吹き抜けの階段室にむけて抜け、窓のカーテンはその風にあおられて舞いあがり、食卓の新聞がぱらぱらめくられて、何枚か床の上を飛んでいった。父親は未開人のようにシッシッという声を吐きだし、情け容赦もなく彼を追いたてた。ところがグレゴールは、後ろ向きに戻る稽古は全然していなかったので、実際、のろのろとしか動けなかった。ぐるっと方向を換えることさえできれば、グレゴールはすぐさま部屋へ帰れただろうが、さりとて、方向転換をするのに手間取って父親を苛立たせることもはばかられたし、いつなんどき父親の手にするステッキが、彼の背中か頭を打って致命傷を与えるか知れたものではなかった。しかし結局、グレゴールはまわれ右するしかなく、というのも、後ろ向きに戻るのでは方向を保つことさえおぼつかないことがわかって、驚いたからだった。そこで彼は、たえず不安そうに横目で父親の方をうかがいながら、できるだけ急いで、しかし実際にはひたすらのろのろと、方向を換えはじめた。おそらく父親も彼の善意を汲みとったものとみえ、今度は彼の邪魔だてはせず、ときどき遠くからステッキの先で方向転換の指示までしてくれた。ただ、あの父親の吐きだす、シッシッという我慢ならない声さえなかったなら！　あれを聞くとグレゴールは、まったく頭がどうにかなりそうになるのだった。せっかくもう一息で方向を換えきろうとしていても、かならずこのシッシッが耳につくので、とたんにおろおろして、またひとしきり逆戻りしたりした。それでもようやくなんとか頭をドアの下枠の前まで持ってくるのに成功したのに、グレゴールのからだは嵩がありすぎて、開口部を通りぬけるのは難しいことが判明した。彼が楽に通れる大きさの開口部をつくるには、たとえば両開きドアの残り一枚を開ければよいのだが、父親の今の状態では、むろん思いつくはずもなかった。父親は、グレゴールをできるかぎり早く自分の部屋に戻さなければ、という固定観念でこりかたまっている。といって、グレゴールが起きあがって直立すれば、ドアを通りぬけることはできようが、それに要するいろいろ厄介な準備まで、とても父親は大目に見てはくれないだろう。逆に父親は、何も障壁などないかのように、今やことさら声を大きくはりあげ、グレゴールを前へ追いたてている。グレゴールの背後から聞こえてくるのは、もはやかけがえのない父親その人の声とは別のものに変わっていた。こうなってはもう、冗談どころの騒ぎではなく、グレゴールはドアの中へ――ままよとばかり――突っこんだ。からだの片側がドアとその枠につかえて持ちあがり、斜めに傾いて、片側のわき腹が一面に擦《す》りむけ、手前に開いていた白塗りのドアには無残な汚点《しみ》がついたが、すぐに彼は固くはまりこんでしまい、ひとりでは身動きすらできなくなって、片側の小さな脚たちは宙に浮いてじたばたするしかなく、もう片側は床に圧《お》しつけられて痛んでならなかった——そのとき父親が後ろから、今や真実救いの神といえる止《とど》めの一突きをくれて、グレゴールは血まみれになりながら、自分の部屋の奥にまで跳びこんだ。さらにドアまでがステッキでバタンと閉められ、ようやく静かになった。

Ⅱ

黄昏《たそがれ》どきになってようやくグレゴールは、失神したかのような重苦しい眠りから目を覚ました。べつに邪魔がはいらずとも、いずれそのうち目を覚ましていただろうが、というのも、たっぷり眠れて充分に休養がとれた気分だったからで、目が覚めたのは、なにやら逃げだしていく足音と、玄関ホールに通じるドアを注意深く閉める音のしわざらしかった。部屋の天井や家具の上部には、あちこちに外の街灯の青白い電気の明かりが差しこんでいるものの、下のグレゴールのいるあたりは闇に鎖《とざ》されている。彼は、まだうまく使いこなせないながらも、自分の触覚であたりを探りつつ、何ごとがおこったのか確かめようと、ゆるゆるとからだをドアの方へずらしていったが、いまさらのように触覚の有難味を思い知った。からだの左側はどうやら、気味の悪いひきつりかたをした一本の長い瘢痕《はんこん》になっているらしく、二列に並んだ脚の片側は、這《は》うときには、まさしく引きずらねばならなかった。その上、午前中の出来事のあいだに大怪我をした一本の小さな脚が――一本の脚だけですんだのは奇蹟《きせき》というものだった――だらりと生気を欠いてぶらさがっていた。

ドアのところまで這ってきて、そもそも何がそこまで魅《ひ》きよせたのか、やっと彼は合点がいった。食べ物のにおいがしていたのだ。甘いミルクのいっぱい入った浅い鉢がひとつそこに置いてあり、細くちぎった白パンが中に浮いている。朝方よりもぐっとお腹《なか》がすいていたので、嬉《うれ》しくって笑いだしそうになりながら、彼はすぐさま顔をミルクの中へ、ほぼ目の上までも突っこんでしまった。しかしすぐにまた、がっかりして顔をひきあげた。左半身が扱いにくくて飲み食いしづらかったが――息せき切って全身を使わなければ、それすらできなかった――、そのためだけではなく、いつもは彼の大好きな飲み物で、だからこそきっと妹がそこに置いてくれたにちがいないミルクが、全然おいしく感じられないばかりか、ほとんど嫌悪すら催して、彼は浅い鉢からまわれ右し、部屋の真ん中へ這いもどってきてしまったのである。

居間にガス灯が点《つ》いているのは、ドアの隙間《すきま》からグレゴールにも見えたが、ふだんならこの時刻には父親が、声はりあげて午後に出た新聞を、母親やときには妹にも朗読して聞かせるならわしだというのに、今は物音ひとつ聞こえなかった。してみると、妹がいつも話してくれたり手紙に書いてよこしたりしたこの新聞朗読は、近頃ではもう恒例行事ではなくなってしまったのかもしれない。しかしそれにしても、この家が空き家のはずはないのに、まわりはひっそり閑《かん》としている。「うちの家族は、なんて物静かに暮らしてるんだろう」とグレゴールは胸の内でつぶやき、目の前の闇をじっと見すえながら、両親と妹にこの快適な住処《すみか》でこういう暮しをさせることのできた自分を、非常に誇らしく感じた。しかし今、この平穏で、豊かで、満ち足りた生活が、すべて恐ろしい最期《さいご》を迎えるのだとしたら、いったいどうなってしまうのだろうか。いや、そういった考えにはのめりこまないようにしよう、それにはいっそ、とばかりにグレゴールは動きだし、部屋の中をあちこち這いずりまわった。

長い宵《よい》のあいだに、一方の側面ドアで一度、もう片方の側面ドアでも一度、ほんの少しドアが開いてすぐにまた閉まることがあった。きっと誰か入ってくる用事があったのだろうが、また強くためらわれもしたのだろう。そこでグレゴールは居間に通じるドアのすぐそばに身を寄せて、逡巡《しゅんじゅん》する来訪者をなんとしてでも中へ引きいれるか、せめてそれが誰なのか、見とどけようと心にきめた。だが、もうそれっきりドアが開くことはなく、グレゴールは待ちぼうけをくわされた。今日の朝方、部屋のドアにまだ錠がおりていたときには、誰もが中へ入ろうとしていたのに、今、彼がひとつのドアの錠を開け、他のドアもあきらかに昼のあいだに錠が開けられてしまうと、もはや誰も入ってこようとせず、今度は外から鍵が差しこまれているのである。

夜もふけてようやく、居間の灯《あか》りが消え、両親と妹が忍び足で遠ざかっていく音が手に取るように聞こえたので、三人ともずっと寝ずに起きていたことがはっきりした。もう朝まで、誰ひとり、グレゴールの部屋に入ってくる気づかいはない。つまり彼には、自分のこれからの生活をあらたにどうととのえたらよいのか、誰はばかることなくじっくり考えられる長い時間があるのだった。ところがこのがらんと天井の高い部屋で、余儀なく床に這いつくばっていると、もう五年も住みなれた部屋なのに、わけもわからず不安になってきて——なかば無意識に向きを換え、いささか気恥ずかしく思わないでもないながら、彼は急いで長椅子《ながいす》の下へ潜りこんでしまったのだが、背中はいささか窮屈だったし、頭を持ちあげることもできず、それでもすぐに居心地はよくなったものの、からだの嵩《かさ》がありすぎて、長椅子の下におさまりきらないことだけが、残念といえば残念だった。

彼は一晩中そこに潜りこんだまま、うとうとしたり、空腹でまた目を覚ましたり、ときには心配やおぼろげな期待におそわれたりしながらすごしたが、心配も期待もみな結局たどりつく結論はひとつ、さしあたり自分は落ち着いてふるまい、家族たちには、忍耐とできるかぎりの思いやりをもって、今の自分の状態では免れられないさまざまな不愉快にも我慢してもらわなければならないのであった。

明け方に、いやまだ夜のうちと言ってもよい、ほとんど服に着がえた妹がドアを開け、玄関ホールから緊張した面持で覗きこんだものだから、はやくもグレゴールは、決めたばかりの覚悟のほどを試す機会にぶつかった。妹は、なかなか彼の姿が見つからず、やっと長椅子の下に潜っているのに気づくと――やれやれ、飛んで逃げうせられるものではなし、どこかにいるにきまってるさ――肝をつぶしたのか、すっかり度を失って、ドアをまた外からピシャンと閉めてしまった。しかし自らそれを後悔したらしく、すぐにまたドアを開けると、重病人か知らない人の部屋であるかのように、爪先立ちで中へ入ってきた。グレゴールは長椅子のへりまでどうにか首を伸ばし、妹を観察した。ミルクに手がつけられていないこと、それもけっして腹がすいていないからではないことに気づいて、ほかのもっと口にあう食べ物を持ってきてくれるだろうか。自発的にはそうしてくれず、こちらから気づくように仕向けねばならないくらいなら、餓え死にする方がましというものだったけれど、実のところは、長椅子の下からとびだして妹の足もとに身を投げだし、何か美味《うま》い食べ物をねだりたくてうずうずしていた。しかし妹は、まわりに少しこぼれているだけで、浅い鉢にミルクがまだいっぱい入っていることにすぐ気づき、びっくりしたようだったが、その浅い鉢を急いで取りあげ、それも素手ではなくエプロンごしに持って、外へ運んでいった。かわりに何を持ってきてくれるのか、グレゴールは知りたい気持を抑えきれないで、あれこれ考えをめぐらした。しかし彼女が心を尽くして実際に持ってきたのは、およそ彼には考えつきそうもないものだった。彼の好き嫌いを試そうというのか、いろいろ選んだ品をごっそり、古新聞に広げて持ってきたのだ。古い腐りかけの野菜。ホワイトソースがべったりこびりついている夕食の残りの骨。乾しぶどうとアーモンドが少々。二日前にグレゴールがこんなもの食えるかと言ったチーズ。干からびたパンとバターを塗ったパン、それに塩味を加えたパン。さらにそのわきに、これは常時グレゴール専用と決めたらしい、水の入った浅い鉢を置いていった。そして妹は、グレゴールが自分の前では食べないことを心得ており、細やかでやさしい思いやりから、大急ぎでその場を離れただけでなく、心おきなくくつろいでね、という心づかいがグレゴールにだけは伝わるように、鍵までまわしたのである。そこでいよいよ食事にかかろうとすると、グレゴールの小さな脚たちがせかせかとすばやく動くではないか。傷はどうやらすっかり治ってしまったらしく、すでにいっこうに不自由を感じなかったので、これには彼も驚き、一カ月以上前にナイフでちょっと切った指の傷が、一昨日にもまだけっこう痛んでいたことを思い出した。「今となっては、感覚まで鈍くなってしまったのだろうか」と考えながら、他のどの食べ物よりもまっさきに強く惹《ひ》きつけられたチーズに、はやくも彼はガツガツとむしゃぶりついた。たちまちのうちに彼はかたっぱしから、チーズを、野菜を、ソースを、目には満足の涙さえ浮かべて平らげた。ところが新鮮な食べ物の方はさっぱり気に入らず、そのにおいからして我慢できずに、食欲をそそられる食べ物の方を少しずらして遠ざけたくらいだった。もとのところに戻っていてね、という合図の意味で、妹がゆっくり鍵をまわしたときには、とうの昔にすっかり食べ終え、彼はただその場でのらくらひっくりかえっていた。すでにほとんどまどろみかけていた彼は、びっくりして跳《は》ねおき、また慌てて長椅子の下へ潜りこんだ。しかし長椅子の下でじっとしているのは、たとえ妹が部屋にいるあいだだけの短時間にせよ、たいへん克己心のいる難行で、なにしろ、しこたま食べて腹がいさささか膨《ふく》れあがっているものだから、そんな窮屈なところでは、息もできやしない。何度も軽く息がつまりそうになりながら、いささか涙ぐんだ目で彼がじっと眺めていると、そんなこととは露知らぬ妹は、食べ残しばかりか、グレゴールが全然手をつけなかった食べ物まで、じゃあもう要《い》らないのね、とばかりにさっさと箒《ほうき》で掃きよせ、みな一緒くたにバケツの中へぶちこむと、それに木のふたをして、すべて外へ運びだした。妹が背を向けたとたんに、グレゴールは長椅子の下から這いでて、大きく伸びをし、息をすいこんだ。

さてこんなふうにして、グレゴールは毎日の食事をもらうことになったのであるが、一度目は両親やメイドがまだ眠っている朝、二度目はみんなの昼食がすんだ後で、両親ともそれからまたしばらく昼寝をするし、メイドは妹に言いつけられて何か買物に出かけるからだった。彼らとて、グレゴールが餓え死にすることを望んでいなかったのも確かだろうが、おそらく彼の食事のことでは、妹に聞く以上のことを知るには忍びなかったのであろうし、妹としても、ただでさえもう充分に苦しんでいるのだから、できるだけ両親の悲しみは少なく、と気づかっていたのにちがいない。

あの最初の日の朝、どんな口実で医者と錠前屋にこの家からお引き取り願ったのか、知るよしもなかったが、なにしろグレゴールの言うことを理解できる者はいなかったため、誰もが、妹までもが、彼に話しかけたところで彼に理解できるはずもない、としか考えなかったから、彼女が部屋に入ってきても、たまにため息をついたり聖人たちに守護を求めたりするのを耳にするだけで、彼は満足しなければならなかった。後に、妹がこうしたすべてに少しは慣れてきたころになって初めて——完全に慣れるなんてことはむろん、あるべくもなかったが——、グレゴールはときおり、親しい情がこもっていると思われる一言やそう受けとれる言葉を、聞きとることができるようになった。彼がきれいに食事を平らげたときには、「あら、今日はおいしかったんだわ」と、いつも妹は言い、次第に頻度が高くなったその逆の場合には、ほとんど悲しそうに、「まあ、またみんな残したのね」と言うのだった。

しかしグレゴールは、じかには何ひとつ新しい出来事を聞かされなかったのに、まわりの部屋から洩れてくる声音には耳をそばだてていて、少しでも人の声が聞こえれば、すぐにもその声のするドアに急いで、全身をぴったり押しつけた。とりわけ初めのうちは、ほんの内緒話にしろ、会話ではかならず何かしら彼のことが話題にされていた。当初の二日間は、食事のたびごとに、さてこれからどうしたものか、と相談する話し声が聞こえてきた。また、同じ話題の会話が食事のあいまにも聞こえてくるからには、おそらく誰もがひとりで家に残ろうとはせず、とはいえ、この家をまったくの無人にするわけにもいかずに、常時すくなくとも二人は家族の者が家にいつづけたのである。メイドも最初の日にはやばやと――この突発事について何をどの程度に知っていたのか、定かではなかったが――ただちにお暇をいただきたい、と母親に平身低頭して頼みこみ、その十五分後には家を出て行ってしまったのだが、そのさい、暇をもらえたことをこの家で受けた最大の恩恵とばかりに涙を流して礼を言い、頼まれてもいないのに、他人《ひと》にはこれっぽっちも口外いたしませんので、と固く誓って言ったものだ。

いきおい妹が、母親と一緒になって台所仕事もしなければならなくなった。もっとも、みんなほとんどろくに食べなかったから、大して骨の折れることではなかった。誰かが誰かに食事を勧めても無駄で、「ありがとう、もうたくさんだから」とか何とかいう返事しか戻ってこないのを、グレゴールはくりかえし耳にした。飲み物もおそらく同様で、誰も飲まなかった。妹はたびたび父親に、ビールが飲みたくないかと訊《たず》ね、わたしが買ってくるけど、と健気にも申しでて、父親が黙っていると、遠慮させまいとして、なんなら管理人のおばさんに行ってもらってもいいのよ、と言い、やがてしまいに父親が大声で「いらん」と言って、それっきりその話は打ちきられてしまうのだった。

すでに最初の日のうちに父親は、すべての資産状況や今後の見通しなどを、母親にも妹にも詳しく話して聞かせた。ときどき食卓から立ちあがっては、五年前に父親の事業が倒産したさいに救出してきたヴェルトハイム社製の小さな金庫から、何かの証書だの帳簿だのを取りだしてきた。入り組んだ錠前を開けて探し物を出し、また錠をおろす音が聞こえた。この父親の説明には、ひきこもりの身にされて以来グレゴールの初めて聞く喜ばしい話も含まれていた。あの事業から父親の手に残ったものは何もなかった、と彼は考えており、すくなくとも父親は彼に対して、残ったものがあると口にしたことはなかったし、グレゴールにしてもそのことで、父親に訊ねてみたことはなかった。当時のグレゴールの気づかいは、すべて絶望のどん底に追いやった事業の悲運を、一家にできるだけ早く忘れさせることに集中していた。そこで彼は当時、異常なほどの情熱を燃やして働きだし、しがない販売職からほとんど一夜にして営業職に昇進したのだったが、営業マンには当然さまざまな別の収入の道があり、働きがあればそれはすぐに歩合《ぶあい》のかたちで現金に変わるし、その金を家に持ちかえって、驚いたり喜んだりしている家族の目の前で食卓に並べてみせることができた。それはすばらしい日々だったのであって、後にグレゴールは、一家の家計をそっくり負担できるだけの金を得るようになり、実際にまた負担したのだったが、あのような日々はその後二度と、すくなくともあの輝かしさをもってしては、くりかえされることはなかった。家族もグレゴールもまさしくそれに馴れっこになってしまい、家族は感謝して金を受けとったし、彼も喜んで渡したけれども、あの特別な心の温《ぬく》もりはもはや望むべくもなかった。それでも妹だけは、いつも変わりなくグレゴールに親愛の情を抱いており、彼と違って、大の音楽好きで、ヴァイオリンを惚《ほ》れぼれするほどに弾いてみせる腕をもっているので、彼女を来年はなんとか音楽学校《コンセルヴアトリウム》へ入れてやろう、とてもお金のかかることにちがいないが、そんなことは構わない、そのくらいは別途に工面もできるだろう、とグレゴールはひそかに計画していた。彼が町に帰っている短い滞在のあいだにも、妹との会話ではよく音楽学校のことを話題にしたが、いつでもそれは実現など思いもよらぬ単なる美しい夢物語としてであり、両親はこの罪のない話題を耳にすることさえいやがった。それでもグレゴールは、クリスマス・イヴにはおごそかにそれを表明しようとはっきり心を決め、そのつもりになっていたのである。

こうした、おのが現状ではどうしようもできない考えが頭を駆けめぐっているさなかにも、グレゴールは自室のドアに直立してへばりつき、聞き耳をたてていた。ときどき彼は、全身のどうしようもない疲労のために、とても耳をそばだてていられなくなり、頭をうっかりドアにぶつけては、すぐに頭をたて直しはしたものの、なにしろ、そんなちょっとした物音ですら、隣室に聞きつけられて、みんなが口をつぐんでしまうのだ。「またあいつが何をやらかしたことやら」と、しばらくして父親があきらかにドアにむかって言い、それでやっとまた、中断した会話がぼそぼそと再開されるのだった。

グレゴールは今や充分すぎるほどよく聞いて理解していたけれども——ひとつには父親自身ひさしくこうしたことに係わっておらず、もうひとつには何ごとも母親が一度では呑みこめなかったために、父親が何度も説明をくりかえしたからだ——、つまり、何かと不運続きだったにもかかわらず、昔の資産が、むろんほんのわずかにせよ、まだちゃんと残っていて、全然手をつけていないその利子が、これまでに少しずつ大きく膨らんでいたのである。しかもその上、グレゴールが毎月家に入れていた金までが——自分の小遣いには二、三グルデンしかとっていなかった——、全額支出にまわされていたわけではなく、塵《ちり》も積もって、ささやかな財産になっていた。自室のドアにへばりついたグレゴールは、しきりに相槌《あいづち》をうちながら、この思いがけない用心深さと節約ぶりを喜んだ。本来なら、それこそこれらの余剰金で父親の負債を社長に返済でき、この会社のポストから足を洗える日もずっと近くなったのであろうが、しかし今ともなれば、父親が計らってくれていた手配の方が、疑いもなくよかったのである。

とはいえこんな金では、たとえば一家が利子で食べていくには、とても足りたものではない。おそらく一家が一年かせいぜい二年食いつなぐのが関の山、それ以上は無理というもの。そもそも手をつけてはならぬ、急場をしのぐためのとっておきの金額でしかない。生活費は、誰かが稼《かせ》ぎだす必要があるのだ。ところが父親ときたら、かくしゃくとしてはいるものの、寄る年波には勝てず、もう五年も仕事をしないできて、いずれにせよたいして頼りになりそうもない。この五年間が、その労多くして功少なかった生涯の最初の休暇だったわけだが、その間にすっかり肥《ふと》って、動作が鈍重になってしまっている。ならば老いた母親になるが、喘息病《ぜんそくや》みで家の中を歩くにもひどく難儀し、二日に一度は呼吸困難になり、開けはなした窓辺のソファに横になってすごしているというのに、金を稼ぐことなどできようか。となると妹だが、これまで許されてきた生活といえば、かわいい身なりをして眠りたいだけ眠り、家事を手伝ったり、つましい催しを楽しんだりで、ヴァイオリンを弾くことが何より大事なまだ十七歳の子どもが、金を稼がざるをえないというのだろうか。聞こえてくる話題がこの金を稼ぐ必要性におよぶと、屈辱と悲しみのために全身が熱くなって、グレゴールはいつも、何はさておきドアから離れ、そばにある冷たい革張りのソファに身を投げかけた。

しばしば彼はその革張りソファの上で、長い夜をまんじりともせず、張り革をただ何時間もかきむしりながらすごした。さもなければ、骨が折れるのもいとわずに机の椅子を窓際まで押していき、さらに窓の下の腰壁を這いあがって、椅子を支えにして窓に寄りかかり、どうやら、ただ窓の外を眺めながら、かつて自分がそこで味わった解放感を思い出しているらしかった。というのも本当のところ、ちょっとしか離れていないものでも、日増しに彼にはぼんやりとしか見えなくなってきていたのである。以前にはあまり目の前にちらついて癪《しゃく》にさわるくらいだった通りの向かいの病院も、もうさっぱり見えなくなっていて、彼自身、閑静とはいえ都会の真っただ中、シャルロッテ街に住んでいることをわきまえていなければ、自室の窓から見えるのが、灰色の空と大地が溶けあって見える寂しい荒れ野と言われても、信じこみかねなかったろう。よく気のまわる妹は、椅子が窓際にあるのをわずか二度目撃しただけだったはずだが、それからというもの、部屋の掃除をすませた後はかならず元通り椅子を窓際に寄せておいてくれ、のみならず以後は、二重窓の内側の開き戸を開けはなしておいてくれるのだった。

　せめて妹と話ができ、自分にしてくれる一部始終に対して礼を言うことさえできたなら、妹の奉仕を受けるグレゴールの気持もずっと楽になっただろう。それができないばっかりに、彼は悩んでいた。もちろん妹は、つらそうなそぶりはできるかぎり見せまいと努め、日がたつにつれて当然うまく隠せるようにもなってきたのだが、グレゴールにしても、日を追ってずっと正確に見ぬくようになっていた。彼にとっては、彼女が部屋へ入ってくるということからして、すでに耐えがたいことだった。妹は、グレゴールの部屋が誰の目にもふれないよう、ふだんからとても気をつかっているのに、部屋へ入ってくるなり、ドアを閉めるのももどかしげに窓に駆けより、まだ寒い時節でも、息がつまると言わんばかりに慌ただしい手つきで窓を大きく開けると、しばらく窓辺にたたずんで深呼吸をするのである。この妹の駆け足と大騒ぎが連日二回、グレゴールを脅《おび》えさせた。そのあいだじゅう彼は、長椅子の下でふるえていたが、つまり妹は、グレゴールのいる部屋に、窓を閉めきった状態では、ただいるというだけでも不可能なのであり、それができるくらいなら、彼女だって彼を煩《わずら》わせたくはないであろうことは、彼にもよくわかっていた。

あるとき、グレゴールの姿かたちが変わってしまってから優に一カ月がたち、もはや妹にとって、いまさら彼の見かけにたじろぐ理由もないと思われたころ、彼女がいつもより少し早目に部屋にやって来て、身じろぎもせずに窓の外を眺めているグレゴールと、鉢合わせしてしまったことがあった。まるで計らって妹を驚かせたかのようで、彼にしてみれば、彼女がすぐに窓を開けにくるのを自分が邪魔しているわけだから、部屋の中へ入ってこないことは予期しなくもなかったろうが、入ってこないどころか、妹は後ろに跳びすさり、ドアを閉めてしまったのだった。他人が見たら、それこそグレゴールが妹を待ち伏せし、咬《か》みつこうとでもしたのかと思ったかもしれない。むろん彼はすぐさま長椅子の下に隠れたものの、昼まで待たなければ彼女は戻って来なかったし、来てもいつもよりずっとそわそわしているように見えた。こうしてグレゴールは、妹には今なお自分の姿をまともに直視することができず、これから先も直視できないままにちがいないこと、長椅子の下からほんの一部でも自分のからだが姿をのぞかせているだけで、もうその場を逃げださずにはいられないのに、何としてでもグレーテは堪《こら》えざるをえないでいることを、はっきり悟ったのである。そこで彼はある日、妹の目にこの姿がふれずにすむよう、麻のシーツを背中に乗せて長椅子の上にそれをかぶせ、さらにつづけてシーツを案配して――以上の作業に四時間を費やした――妹が腰をかがめても見えることのないように、自分の姿をすっぽりおおい隠した。こんなシーツは不要と思うのだったら、完全な遮蔽《しゃへい》をグレゴールが喜んでいないことは明白なのだから、むろん妹がそれを取りのぞけばいいのだったが、その麻のシーツをそのままにしておいたばかりか、グレゴールが一度シーツをそっと頭で持ちあげ、この新しい工夫を妹がどう思っているか様子をうかがってみたところ、その眼差しには、ちらっと感謝の色さえ浮かんだように思われたのである。

最初の二週間というもの、両親にはどうにも彼の部屋へ入ってくる勇気が出なかったが、役立たずの娘だとこれまではよく腹を立てていた両親が、今の妹の働きぶりを口をきわめてほめあげているのを、自室でグレゴールはたびたび耳にした。妹が彼の部屋を掃除していると、近頃では父親と母親が二人そろってドアの前で待っているので、妹は部屋を出るなり、中はどんなだったか、グレゴールは何を食べたのか、今の彼はどんな様子か、少しはよくなりそうな兆《きざ》しが見られるのか、微にいり細にわたり話さなければならなかった。ちなみに、母親は比較的はやくからグレゴールを訪ねたがっていたが、当初は父親と妹が、もっともらしくいろいろ理由をつけて引きとめていて、自室で耳を傾けていたグレゴールも、それにはまったく賛成だった。だがやがて、「いいかげんにグレゴールの部屋に行かせてよ、あの子はとにかく私のかわいそうな息子なんですからね！　行かなきゃいられないっていうことぐらい、わからないの」と母親が金切り声をあげるのを、力ずくで抑えなければならないようになって、それでグレゴールは、やはり母親が部屋に来てくれた方がいいのかもしれない、もちろん毎日でなく、週に一ぺんでいいのだから、と考えた。なんといっても母親の方が、妹より何ごともずっとよく心得ており、妹もよくやってくれてこそいるが、まだほんの子どもなのだし、結局のところ、こんな面倒な仕事を引き受けたのも、子どもっぽい軽はずみからにすぎないのかもしれなかった。

母親に逢いたいというグレゴールの願いは、ほどなく実現することになった。グレゴールは両親に気がねして、昼間は窓辺に姿を現わさないようにしていたが、さりとて、たかが二、三平方メートルの床の上を這いずりまわったところで大したこともできず、おとなしく横になっているのは夜のあいだだけでもうたくさんだったし、食事もすでにほとんど楽しみではなくなっており、そこで憂《う》さ晴らしに彼は、壁や天井を縦横に這いまわる習慣をとりいれた。とりわけ気に入ったのが、高い天井にへばりつくことだった。

床に腹ばいになっているのとは、まるで気分がちがった。呼吸もずっと楽にできた。軽い鼓動が全身に伝わってくる。空中高くにいると、ほとんど幸福と言っていいほどの放心状態になって、グレゴールはつい床の上へバタリと墜《お》ちてしまい、愕然《がくぜん》としたこともあった。しかし近頃ではもちろん、からだのこなしも以前よりはるかに自在にあやつれるようになっていたから、そんなひどい墜落をしても、怪我はしなかった。さて妹もすぐに、このグレゴールの手に入れた新しい憂さ晴らしに気がついて——這いまわるだけであちこちにねばねばした痕跡を残したので——、グレゴールができるだけ広く這いまわれるように、邪魔になる家具、ことに戸棚や勉強机を運びさろうと固く腹をきめた。ところがそれは、彼女ひとりでできることではなかった。かといって、父親に手伝いを頼むわけにはいかない。メイドにしたところで、この十六歳ほどのメイドは、以前の料理番のメイドが暇をとってこのかた、よくがんばって辛抱してくれてはいたものの、台所の錠はおろしっぱなしにしておいて、ことさら呼ばれたとき以外は開けなくてよいという特別扱いを条件にしていたから、手伝う気づかいはさらさらなさそうだった。そういうわけで妹には、父親のいないときを見はからって母親に来てもらう以外に、手だてがなくなってしまったのだ。母親も嬉々として大声をあげながらとんできたが、グレゴールの部屋のドア付近までくると、ふっつり口をつぐんでしまった。最初にむろん妹が、部屋の中が差しさわりない状態になっているか下検分した。その上でやっと、母親を中に入らせた。グレゴールは大慌てで、麻のシーツをいつもよりずっと深くたくさん皺《しわ》がよるように引っかぶったので、全体として、ただなりげなく麻のシーツが長椅子に投げかけられているようにしか見えなかった。グレゴールは、今回はシーツの下からこっそり偵察するのもやめた。今日のところは、母親の姿を目にすることはあきらめ、ともかくも母親が部屋に来てくれただけで満足することにした。「いいから入りましょうよ、兄さんの姿は見えないわよ」と妹は言い、どうやら母親の手を引っぱっているようだ。それからグレゴールの耳には、か弱い女性が二人して、重くて古い戸棚をなんとか置いてあった場所からずり動かしている音が聞こえてきたが、妹が仕事の大部分を引き受け、あんまり無理しないでね、と心配する母親の忠告にも、耳を貸そうとしないでいる様子。なかなかとかかずらっているようだ。たっぷり十五分も続いてから、母親の声がした、やはりこの戸棚は、このまま動かさずにおいた方がいいんじゃないかしら、だいいち重すぎて、お父さんが帰ってくるまでにはとても片づきそうもないから、この戸棚が中途半端にグレゴールの部屋の真ん中を占領して、八方道ふさぎになってしまうし、それにグレゴールだって、家具を片づけてしまっても、さて喜ぶものやら、わかったもんじゃないわ。かえって逆なんじゃないかっていう気がするの。壁がむきだしにがらんと空《す》いて見えたら、それこそ寒々《さむざむ》とした気分になってしまうもの。グレゴールもそんな気持にならないはずがないわよ、なんせあの子は、この部屋の家具には昔から馴染んでるんだから、部屋が空《から》っぽになったら、なんだか見棄てられたように感じるんじゃないかしら。

「ねえ、そうじゃないかしらね」と母親はぐんと声を落として締めくくったが、本当にグレゴールがこの部屋にいるのかどうかすら母親にはわかっていなかったし、彼にはもう言葉は理解できないものと思いこんでもいたから、ほんのちょっとした言葉の響きでもグレゴールには聞かせたくないと思っているかのごとく、ほとんど耳打ちでもするようなひそひそ声だった。「ねえ、そうじゃないかしらね、家具を運びさってしまったら、まるで、あの子がよくなる希望をわたしたちがすっかり捨ててしまい、あの子の気持も考えずに、もう放ったらかしておくことに決めた、と見せつけるようなものじゃないかしら。やはりこの部屋は、そっくり元通りにしておいてやるのが一番で、そうすれば、グレゴールがまたわたしたちのところへ戻ってきても、何も変わっていないのがわかって、それだけあっさり、この間の日々を忘れることもできるって思うのよ」

この母親の言葉に耳を傾けていてグレゴールは思い知ったのだったが、直接誰とも人間らしく語りあうことがなかったために、家族に囲まれてはいても単調な生活だったこの二カ月の日々が、自分の判断力を狂わせてしまったのにちがいなく、それというのも、自分の部屋を空っぽにするように本気で切望できたなんて、ほかにどうにも説明のつけようがなかったからだ。この親ゆずりの馴染んだ家具で快適にしつらえられた部屋を、本当にがらんどうにさせてしまう気になったのだろうか、がらんとした部屋になれば、もちろん縦横無尽に這いずりまわれるようにはなろうが、しかしそれは同時に、人間としての過去を刻一刻とすばやくきれいに忘れさっていく、ということにもなるのではないか。なんといっても現に、危うく忘れさるところだったのだが、母親の声をひさしぶりに聞いただけで、心を奮い立たせ、正気にかえることができたのである。運びださせていいものなど、何ひとつあるはずもない。そっくりそのまま、みな残す必要がある。自分の容態にいろいろよい効果を及ぼしてくれる家具は、なしですますことなどできはしない。家具が邪魔してやたら這いまわれなくしているとしても、それは欠点ではなく、大きな長所なのだ。

ところが妹は、あいにく意見を異にしていた。あながち無理からぬことだったが、彼女はことグレゴールに関して相談する場合、両親に楯ついて特別の事情通をきどる癖がついており、今も母親の忠告は、妹にとっては、最初にひとりで考えていた戸棚と勉強机だけでなく、どうしても必要な長椅子を例外として、ほかの一切の家具も残らず運びだそうとまで彼女が主張しだす、充分な理由となったのである。もちろんそれは、子どもじみた反抗心からだけのものではなく、最近になって妹が思いもよらず苦労して身につけた、自負心のなさしめる要求だった。とはいえ彼女はまた、グレゴールが這いずりまわるにはたっぷりした空間が必要であり、それに反して家具は、見たところまるで使われていそうもないことを、実際に観察して承知してもいたのであった。だがことによると、この年頃の娘にありがちな、いかなる場合でも熱中して気のすむまでやろうとする気質も、一役買っていたのかもしれないし、そしてこの熱中する気質によって、妹のグレーテは今、グレゴールの状況をもっとずっと恐ろしいものにして、これまで以上に彼のために尽くすことができるようにしたい、という誘惑にかられていたのかもしれなかった。というのも、家具もなくがらんとした四囲の壁をひとりグレゴールがわがもの顔で這いずりまわっている空間に、思いきって足を踏みいれる勇気のある者は、グレーテ以外に誰かいるとも思えなかったからである。

そういうわけで彼女は、母親に言われても、自分の決心をひるがえすことはしなかったが、その母親はこの部屋にいるだけで不安になってそわそわと落ち着かず、すぐに黙りこくり、戸棚を運びだそうとしている妹にできるだけ力を貸してやっていた。ところでグレゴールとしては、戸棚だけなら、まだしもやむを得ない場合にはあきらめもつくが、勉強机はそのまま、残しておいてもらわねば困る。そこでグレゴールは、女二人がうめき声をもらしつつ戸棚をかかえて部屋から出て行くのを待って、どうしたら賢《さか》しらにならずにうまく待ったをかけることができるか見てとろうと、長椅子の下から首を突きだした。ところがちょうど折あしく、母親が先に戻ってきてしまい、グレーテはといえば隣室で戸棚をかかえこみ、むろん戸棚はびくともしなかったが、ひとりで左右に揺すっていた。しかし母親はグレゴールの姿を見慣れていないし、見たら卒倒すらしかねないわけで、泡を食ったグレゴールは、長椅子の下で、反対側の端まで後じさりしたのだったが、その際に麻のシーツが、母親の近くでどうしてもほんの少し動いてしまった。母親にオヤと思わせるには、それだけで充分だった。母親は足をとめ、一瞬棒立ちになって、それからグレーテのところに戻っていった。

べつにどうっていうこともないさ、家具の二つ三つを置きかえているだけのことだ、とグレゴールは何度もくりかえし自分に言いきかせていたけれども、女二人の出たり入ったりする物音やちょっとした掛け声、家具が床をひっかく音などが、彼自身すぐに認めざるをえなかったように、まるで四方八方から彼におしよせてくるけたたましい喧騒のように感じられて、頭と脚たちを縮《ちぢ》こませ、腹部を床に押しつけてこそいたが、もはや我慢の限界だな、とつぶやかないわけにはいかなかった。女二人は部屋の中のものを残らず出してしまおうとしている。大事にしていた何もかもを、奪ってしまおうとしているのだ。糸鋸《いとのこ》その他、道具類の収まっていた戸棚も二人はすでに運びだしてしまった。今やはやくも、しっかり据え付けられていた勉強机を、商業専門学校や中学に通っていたころに、いや小学生の時分でさえ宿題をしたものだったあの勉強机を、床から外しているところだ、――こうなるともう本当のところ、この母妹二人の誠意をおしはかる余裕など彼にはなかったし、そもそも彼は、二人の存在をほとんど忘れてしまっていたが、なにしろ女二人は、疲労困憊《ひろうこんばい》して口もきかずに働いていて、聞こえるのはただ、二人がペタペタ歩く重たげな足音ばかりだったのである。

そこで思わず長椅子の下からとびだしてしまったグレゴールだったが――女二人はちょうど、しばし一息つこうとして、隣室で勉強机によりかかったところだった――、まず何を救いだしたらよいものか、実際の判断がつかず、這っていく方向を四回も換え、部屋をひとまわりして目についたのが、もう大方がらんとしてしまった壁面に掛かっている、あの毛皮ずくめの貴婦人の絵で、彼は急いで壁を這いあがり、額のガラスにからだを押しつけたため、ペタンと貼りついて、熱くほてった腹にガラスが心地よかった。こうしてすっかり覆い隠しているからには、この絵だけはすくなくともとりあげられないだろう。それからグレゴールは、居間につづくドアの方へ首をまげ、こちらに戻ってくる女二人を観察した。

二人は休む間も惜しむように、すぐにまい戻ってきた。グレーテは腕を母親にまわし、ほとんど抱きかかえるようにしている。「それじゃあ、今度はどれを運びだそうかな」とグレーテは言い、あたりを見まわした。そのとたんに彼女の眼差しは、壁にへばりついているグレゴールの眼差しとからみあった。おそらく、母親が居合わせていたからこそだろう、妹はやっとどうにか平静を保ち、母親がそちらへ目を向けるのをやめさせようと、母親の方へ顔をかがませて、「ねえ、ちょっと、居間に戻っていましょうよ」と言ったが、むろんその声はふるえて、うわずっていた。母親をまず安全地帯に連れだし、それから彼を壁から落として追い払うつもりなのだろうが、グレーテの真意がグレゴールにはよくわかった。よし、やれるものならやってみろ！　絵にピタッとしがみつき、何がなんでも渡しゃしないぞ。手出ししようものなら、グレーテの顔に跳びかかってやるからな。

ところがグレーテの言葉で、かえって母親は本当に不安になり、からだを脇へずらしたが、花模様の壁紙にいる巨大な褐色の物体が目にふれると、それが当のグレゴールと悟るよりも早く、むきだしの声をはりあげて「キャア、神様、助けて！」とさけび、もう何もかも終わりとばかりに両腕をひろげたまま、長椅子に倒れこんで動かなくなった。「まあ、兄さんったら！」と妹は握りこぶしをふりあげ、にらみつけながらさけんだ。それは、グレゴールが変身してしまって以来、グレーテに直接言われた最初の言葉だった。妹は母親を正気にかえらせる香油《エッセンス》をとりに、隣室へ駆けこんでいった。グレゴールも手伝いたかった――絵を救い出すまでにはまだ時間的なゆとりがあったから――。しかし、からだがガラスにぴったり貼りついてしまっていて、わが身を力ずくで剝《は》がさねばならなかった。それから、かつてと同じように、さながら妹に何か助言でもしようとしているかのごとく、急いでとなりの居間へ入りこんだ。だが結局、彼女がさまざまな小瓶《こびん》の山をかきまわして捜しているあいだ、なすすべもなく、彼はただその後ろに控えているしかなかった。それどころか振りかえった妹を、そのためなおのこと驚かせてしまった。瓶がひとつ床の上に落ちて、ガチャンと割れた。その破片がグレゴールの顔を傷つけ、鼻をつくにおいの薬が彼のまわりを流れた。グレーテはそれ以上ぐずぐずせず、瓶を持てるだけ持つと、彼の部屋で倒れている母親のところへ駆けよった。ドアが妹の足でバタンと閉められた。こうしてグレゴールは、彼のおかげで死にかけているのかもしれない母親から、閉めだされてしまったわけだ。妹を追い払ってしまったら、母親のそばに付き添っていてもらえないから、ドアを開けることはできない。こうとなっては、ただ待っているしかなかった。自責と憂慮にさいなまれながら、彼は這いだしはじめ、壁、家具、天井と、所かまわずあらゆるものの上を這いずりまわって、とうとうしまいには、部屋全体が彼のまわりをぐるぐるまわりだし、彼は絶望のうちに、大きな食卓の真ん中に墜落した。

ひとしきりの時がたち、グレゴールはそこにぐったり横になっていたが、あたりは静まり、ことによったらよい兆しなのかもしれなかった。そのとき、玄関のベルが鳴った。メイドはむろん台所にお籠《こも》りだから、妹が開けに行かねばならない。父親のご帰還だ。「どうしたんだ」というのがその第一声だった。グレーテの様子が、すべてを察知させたものらしい。「お母さんが失神したんだけど、でも、もうよくなってきたわ。兄さんが急にとびだしてきちゃったのよ」と答える妹の声がこもって聞こえるのは、きっと顔を父親の胸に押しつけているせいだ。「そんなことだろうと思ったよ」と父親が言った、「あれほどしょっちゅう言っておいたのに、グレーテも母さんも聞こうともしなかったからな」グレーテの報告が簡単すぎて、父親が悪く解釈し、何か乱暴な真似でもしでかしたかのように受けとっているのだと、グレゴールにはよくわかった。そうなると彼には今、説明などする時間も見込みもないのだから、父親の気持をなんとか宥《なだ》めておく必要がある。そこで彼は自室へつづくドアのところまで逃げていき、ドアにからだを押しつけたが、それというのも、ここにこうしていれば、父親が玄関ホールから居間に足を踏みいれてきたときに、ただちに部屋へ戻ろうとしているグレゴールのこの上ない誠意を、すぐに見ぬいてくれるだろうし、グレゴールを部屋へ追いかえすまでもなく、ただドアを開けさえすればすぐさま消えていなくなるつもりでいることも、わかってくれるだろう、と考えてのことだった。

ところが父親は、そんな微妙な仄《ほの》めかしにまで気のまわるような気分ではなかった。「うわぁ！」居間に入るなり、怒《いか》りと悦《よろこ》びのないまぜになったような調子でさけんだ。

グレゴールは顔をドアからひき戻して、父親の方に向けた。実のところ彼は、今そこに立っているような父親を、想像してもいなかった。たしかにグレゴールは最近、新手の這いまわる憂さ晴らしができて、以前に比べるとこの家の自室以外での出来事や成り行きに関心を持たなくはなっていたが、いろいろな様変わりに出くわすことぐらい、もともと覚悟していなければならなかったのだ。だがそれにしても、それにしても、いったいこれがあの親父《おやじ》なのだろうか。かつて、グレゴールが出張に出かけるときは、ベッドに沈みこんで寝腐《ねくた》れており、晩に帰ってくると、ナイトガウンを着て肘掛け椅子で迎えたものだった男と、これは同じ男なのだろうか。立ちあがることすらせず、歓迎の合図に二の腕をあげるのがせいぜいで、年に二、三度の日曜日や特別の大祭日など、たまさか一緒に散歩すると、足のおそいグレゴールと母親にはさまれて、いつもさらにのろのろした足どりで、古ぼけたコートにくるまり、たえず用心しいしい杖をついておぼつかない歩を運び、何か言うときにはほとんどいつも立ちどまって、連れの者たちを近くに集まらせていたあの男と、同じ男なのだろうか。この目の前にいる親父は、背筋をしゃんとして立ちはだかっている。銀行の用務員の着るような、金ボタンつきのピシッとした紺《こん》の制服。上着の高くて堅い詰め襟《えり》の上の、がっしり豊かに膨《ふく》れた二重顎《あご》。モジャモジャの眉毛の下から視線を投げかけている、生き生きとして注意深げな黒目。ボサボサだった白髪は、きちょうめんに櫛《くし》を入れて分けられ、輝くばかりの髪型に撫《な》でつけられている。父親は、銀行のものとおぼしい金色の組文字《モノグラム》のついた制帽を、大きく部屋いっぱいに弧を描いて長椅子の上にほうり投げると、制服の長い上着の端を折りかえし、両手をズボンのポケットにつっこみ、苦虫をかみつぶしたような顔をして、グレゴールの方へ近づいてきた。何をしようというつもりなのか、どうやら父親自身にもわかっていないようだ。とにかく、いつになく足を高く持ちあげて歩いてくるので、その編上げ靴の底の巨大さに、床にいるグレゴールはびっくりした。だがそんなことにかかずらってはいられないのであって、グレゴールに対しては最大限の厳格さでのぞむべきだと父親が考えていることは、この新生活の第一日目から、つとに思い知らされてきている。そこでグレゴールは、父親の先に出て這って進み、父親が立ちどまれば這うのをやめ、父親が動くと急いでまた這って前進した。こうして彼らは部屋の中を何度も堂々めぐりしたが、何も決定的なことは起こらなかったし、それどころかすべてがゆっくりしたテンポだったから、とても追いかけまわしているようには見えなかった。壁か天井に逃げてしまえば、父親はことさら陰険な嫌がらせとも見なしかねず、それを恐れてグレゴールも、さしあたり床の上を這いつづけた。とはいうものの彼は、父親が一歩進むあいだにも自分は無数の運動を行なわなければならなかったわけで、こうして這って進んでいるのだって長くは続かないぞ、と内心つぶやかずにはいられなかった。早くも息切れが目立ちはじめていたが、もともと、呼吸器系には自信がなかったのだ。這って進むことに全力を注《そそ》いで、今はこうして千鳥足《ちどりあし》で這いずっているが、目もほとんど開けていられない。頭の働きが鈍くなって、ただ這って進む以外に、助かる道は思いつかなかった。多くのギザギザや尖った装飾の丹念に彫りこまれた家具が据え付けられているとはいえ、この居間の四囲の壁が彼には自由に使えることも、もうほとんど忘れかけていた――するとそのとき、何かが彼のからだすれすれに投げつけられ、目の前に落ちて転がった。一個の林檎《りんご》だった。と見るまに二個目が彼にむかって飛んできた。グレゴールは恐怖のあまり、立ちすくんだ。彼を砲撃しようと父親が決心してしまったのでは、これ以上這ったところで仕方がない。父親はサイドボードの果物鉢から両ポケットにぎゅうぎゅう詰めこんで、ろくに狙いもさだめず、林檎を次から次へと投げはじめた。これらの小さな赤い林檎がみな、電気仕掛けのように床を転げまわり、互いにぶつかりあった。ゆるく投げられた一個の林檎がグレゴールの背中をかすり、怪我にはならずに滑り落ちた。

そのすぐあとを追って飛んできた一弾が、今度はきっちりグレゴールの背中にめりこんだ。このとつぜん襲ってきた信じられないような痛みも、場所さえ移動すれば、消えてなくなるものと信じているかのように、グレゴールはさらに這いずっていこうとした。ところが彼はその場に釘づけされたように感じ、全身の感覚が麻痺して、へなへなと伸びてしまった。目が利かなくなる前にかろうじて彼は、自分の部屋のドアがすばやく開けられるのを見とどけることができたが、何か喚《わめ》いている妹の前に、失神中に呼吸を楽にさせようとして妹が服を脱がしておいたのか、下着姿の母親がとびだしてきて、父親のところに駆けよろうとするものの、その途中で、ひものほどけたスカートやペチコートが次々に床に脱げ落ち、落ちたそれらに足を取られて、父親の上に跳びかかるようによろめいた母親は、父親に抱きついてぴったりひとつに重なり――だがこのとき、もはやグレゴールの視力は機能しなくなっていた――父親の後頭部に両手をあてがうなり、グレゴールの生命《いのち》は助けてやって、と嘆願した。

Ⅲ

ひと月以上もグレゴールを苦しめたひどい傷は――あの林檎《りんご》は誰も取りのけてくれず、忘れがたみのように生身に居すわりつづけていた――、父親にさえ、グレゴールは今でこそこんな哀れでおぞましい姿をしているが、家族の一員にはちがいないこと、そしてそうである以上、彼を目の仇にしてはならず、嫌悪の情もすべて胸にたたんで、ただひたすら甘受するしかなく、それが家族の務めであり、掟というものであることを、思い出させたように見えた。

ところでグレゴールも、傷のおかげでおそらく永久に行動の自由を失ってしまい、早い話、部屋を横ぎるのにも老いた傷痍《しょうい》軍人のように長い手間ひまのかかる有様だったが――高い場所を這《は》いまわることなど思いもよらなかった――、しかし彼は、こうした自分の状態の悪化とひきかえに、それを補ってあまりある代償を得たと考えており、つまり、彼はそれを今ではいつも一、二時間前からじっと見つめて待っているのだが、宵《よい》になると、居間につづくドアが開けられるようになって、そのおかげで、自室の暗闇に這いつくばっているグレゴールの姿は居間からは見えず、それでいて彼からは、灯《あか》りのともった食卓に並ぶ家族全員の姿がよく見え、家族たちの会話も以前とはうってかわり、いわばみんなの公認のもと、おおっぴらに聞くことができるようになったのである。

むろんその会話はもはや、かつてグレゴールが、疲れた身を狭いホテルの湿ったベッドにやむなく投げだし、切々たる心で思い浮かべていたような、活気のあるはずんだ団欒《だんらん》ではなくなっていた。今ではたいていのことが、ごくひっそりとしか行なわれなかった。夕食がすむと、父親はまもなく椅子《いす》で眠りこんでしまう。母親と妹は、互いに示しあわせて静かにしていた。母親は灯りの下へ身を乗りだすようにかがみこみ、モード服専門店の仕事でしゃれた下着を縫《ぬ》っている。女店員の職を得た妹は、いつの日かもっとましな勤め口を得ようと考えているのか、寝るまで速記とフランス語の勉強をしている。ときおり父親が目を覚まし、自分が眠っていたのも素知らぬ顔で、母親に声をかけた、「また今日も、夜なべで針仕事なんかして！」そしてすぐにまた眠りこんでしまい、母親と妹は力なく微笑《ほほえ》みあうのだった。

一種の我を張って、父親は帰宅後も用務員の制服を脱ぐことを拒んだ。ナイトガウンはハンガーにかかりっぱなしで無用の長物と化しており、いつでもお役目大事とばかり、家でも上司の声を待ちかまえているかのように、父親はきちんと制服に身を固めたまま自分の食卓の席でうたた寝をしていた。おかげで、もともと新調ではなかった制服は、母親と妹がどんなに丹精しても、たちまち小ざっぱりした感じを失ってしまい、それをいかにも窮屈そうに着こんだまま、老人が安らかに眠っていたが、いたるところ汚点《しみ》だらけの、金ボタンだけはいつも磨いて光っているこの服を、グレゴールはしばしば宵のあいだずっと眺めつづけていた。

時計が十時を打つなり、母親は父親に小さく声をかけ、目を覚ますのを待って、ベッドへ寝にゆくよう説得にかかったが、それというのも、ここでこうしていてもとてもまともに眠ることはできず、朝の六時に勤めに出なければならない父親には、ぜひとも熟睡が必要だったからだ。ところが用務員になって以来、父親はすっかり我が強くなって、もっとこの食卓に坐ってると言いはってきかないくせに、いつもかならず居眠りし、どのみち、さんざ手こずらせなければ腰もあげず、椅子からベッドに移ろうともしない。母親と妹がどれほど小声で促して責めたてても、十五分ものあいだゆっくり首を振っていて、目をつぶったまま起きあがらなかった。母親は父親の袖《そで》をつまんで引っぱり、いい気分にさせる言葉を耳もとでささやき、妹も勉強はそっちのけで母親に加勢するが、効き目がない。ますます深く、椅子に沈みこんでいく。女二人が彼の脇の下に手をつっこむ段にまでなって、ようやく目をあけ、母親と妹の顔を交互に見つめながら父親は、「これが人生というものさ。老いぼれて休息しているんだ」と、きまって言うのだった。それから彼は、二人の女に支えられ、わが身が一番の重荷であるかのように、さも大儀そうに立ちあがり、ドアのところまで手を引いてもらって、そこで女二人に合図するとひとりで歩いていったが、さらに何かと父親の世話をやくために、母親は針仕事を、妹は勉強を途中で投げ出し、大急ぎで父親を追いかけた。

この働きすぎて疲れすぎている家庭に、必要最低限以上にグレゴールの世話をする余裕のある者が、誰かいたであろうか。家計のやりくりは、ますます窮屈になった。メイドにも結局、暇を出した。骨の折れる仕事だけ、骨ばった大女の家政婦が白髪を振りみだしながら朝と夕にやってきて、片づけていった。そのほかは一切、母親が山のような針仕事のあいまを見てやることになった。その上、以前は遊びごとや祝いごとのあるにつけ、母親と妹が大喜びで身につけていた一家の装身具類さえ、売りはらわれることになったのだが、グレゴールがそれと知ったのは、夜になってみんなでその売値の金額を計算していたからだった。しかしいつでもいちばんの頭痛の種《たね》は、グレゴールを引越しさせる方法を思いつかず、今の状況にとっては広すぎるこの住居を、立ち退《の》くことができないことだった。けれども、グレゴールがちゃんと見ぬいていたように、空気孔をいくつかあけた適当な箱にでも彼を収容すれば、簡単に移送できるはずなので、この引越しを妨げているのは、ただ彼を慮《おもんぱか》ってばかりのことではなかった。この一家に転居を思いとどまらせていたのは、有り体に言えば、どうしようもない絶望感からであり、親戚や知人たちの誰にも見られぬ不幸に自分たちがとりつかれてしまっている、という想いからにほかならなかった。世間が貧しい人に要求しているものを、この一家はとことんまで満たしつくしていて、父親はしがない下級銀行員にも朝食を運んでやるし、母親は見ずしらずの人の下着を縫うために身を粉《こ》にし、妹はお客の言いつけ次第で売場の奥をあちこち駆けずりまわっていたが、一家の力は、これがもうぎりぎりのところだった。母親と娘は、ようやく父親をベッドに送りこんでまた戻ってくると、針仕事や勉強は投げだしたまま、互いに椅子をつめ、頬と頬を寄せあって坐りこんだが、グレゴールの背中の傷がいまさらのようにまた疼《うず》きはじめるのは、こういう時だった。そうこうするうちに母親がグレゴールの部屋を指さし、「あそこのドアは閉めてね、グレーテ」と言って、彼はふたたび暗闇に鎖《とざ》されたが、隣室では女二人が、涙にかきくれるか、涙も枯れてテーブルを穴のあくほど見つめていた。

夜も昼も、グレゴールはほとんど一睡もせずにすごした。ときどき彼は、今度ドアが開いたら、昔と同じように、家族の問題や用事をまたみんな一手にひきうけてやろう、と考えた。今や昔となったことが、会社の社長や部長、店員や見習い従業員たち、ひどく呑みこみの悪い雑用係、ほかの会社の二、三の友人たち、とある田舎ホテルの部屋係のメイド、かりそめの愛すべき思い出、ある帽子屋のレジ係嬢、彼女には大真面目《おおまじめ》に求愛したが時間をかけすぎた――これらすべての人たちの姿が、見しらぬ人びとや忘れてしまった人びとに入りまじって、彼の頭にふたたび浮かんできたが、この連中は、彼や彼の一家に手を貸してくれるどころか、そろって耳も貸そうとしなかったので、その姿が消えてなくなると、ほっとして嬉《うれ》しくなった。そうかと思えば彼にはまた、家族を気づかう気持がまったく失せてしまい、行き届いた世話をしてくれないことに、ただただ腹が立つばかりで、食べたい物がさっぱり思い浮かばぬくせに、どうやったら食品貯蔵室へたどりついて、腹は空《す》かなくとも何か自分の口に合いそうな物をそこから取ってくることができるか、いろいろ計画してみたりした。今や妹は、どうしたらグレゴールを喜ばせることができるのか、ろくに考えもしなくなっていて、朝と昼に店へ駆けつける前に、何かありあわせの食べ物をせかせかと足でグレゴールの部屋へ押しこみ、夕方になると、その食べ物がちょっとつまんだだけであろうと、まるで手もつけてなかろうと――まずたいていは後者だった――まったくお構いなく、箒《ほうき》で一気に掃きだしてしまうのだった。部屋の掃除は妹が、今ではいつも夕方やってくれているのだが、いけぞんざいきわまりないやり方だった。汚れの線が縞《しま》模様になってぐるりと壁に付着し、あちこちに埃《ほこり》やごみくずのかたまりがころがっている。初めのうちこそグレゴールも、妹が入ってきたときに、そういう汚れのとくに目立つ一隅にわざと陣どって、いわばこれ見よがしに妹を非難しようとした。しかし彼が何週間そこで粘ってみたところで、とても彼女は改心しそうもなかった。彼と同じように妹もその汚れを見て知ってはいたものの、放っておこうと心に決めていたのである。それでいて妹は、グレゴールの部屋の掃除がちゃんと自分に任されているのかどうか、苛《いら》つきながら監視しており、そもそもこの苛つきには一家全員がとりつかれていたのだが、これまでの彼女には見られなかった神経過敏ぶりであった。あるとき、母親がグレゴールの部屋の大掃除をしたことがあって、その際バケツに二、三杯の水を使わないわけにはいかず——いうまでもなく部屋はびしょ濡れで、グレゴールもふてくされ、長椅子にすねて大の字に横たわり、動こうともしなかった——、かくして母親も罰をまぬがれることはできなかった。なにしろ妹はその夜、このグレゴールの部屋の変化に気づくや、この上ない侮辱とばかりに居間へ駆けこんで、母親が両手をかかげて哀願するのも尻目に、わっと身をふるわせて泣きじゃくりだしたものだから、これには両親も——むろん父親はびっくりして椅子からとび起きた——最初のうちこそ驚いて困りはて、傍観しているほかなかったのだが、しまいには自分たちまで動揺しはじめてしまった。父親は、なぜグレゴールの部屋の掃除はグレーテに任せておかないんだ、と右側の母親を責めたてた。しかるのち左側の妹にも、グレゴールの部屋の掃除なんかもう金輪際するな、と怒鳴りつけた。母親は母親で、興奮のあまり我を忘れている父親をなんとか寝室に引っぱっていこうとする。妹は泣きじゃくりながら、小さな握りこぶしでテーブルをやたらと叩く。誰ひとりとして、ここで演じられている愁嘆場がグレゴールの目や耳に入らないよう、ドアを閉めることを思いつかないので、グレゴールも腹が立ってきて、シーッシーッと音高く口を鳴らした。

　しかし、妹が店員の仕事で疲れきって、たとえ以前のようにグレゴールの面倒をみる気がしなくなっても、母親が代理をつとめる必要はなかったし、グレゴールもほったらかしにされることはなかった。というのも、今では家政婦が来てくれているからだった。この後家の婆さんは、その長い一生を、筋骨たくましいおかげで最悪の事態にも耐えぬいてきたとみえ、およそグレゴールを忌み嫌うことがなく、あるとき婆さんが、好奇心にかられたわけでもなし、ただ何の気なしに彼の部屋のドアを開けてしまったことがあり、泡を食い、追いたてられもしないのに右往左往しだしたグレゴールの姿を、婆さんときたら、きょとんと突っ立ったまま、手をこまぬいてただ眺めていたものだった。それからというもの婆さんは、いつもきまって朝と晩に、そのドアをちょっと開けては、グレゴールを覗き見ることを怠らなかった。初めのうちこそ婆さんも、たぶん親しみをこめたつもりなのだろうが、「ねえ、糞虫君《くそむし》ったら、こっちへいらっしゃいよ!」とか、「おやまあ、この糞虫君ときたら!」などと言葉をかけながら、彼をそばへ呼び寄せようとしたものだ。そうした呼びかけに、グレゴールはうんともすんとも答えず、ドアが開けられさえもしなかったかのように、知らん顔してそのままじっと動かなかった。それにしても、こんな家政婦に気の向くままにいらぬ邪魔などさせないで、毎日彼の部屋を掃除するように言いつけたらよさそうなものを! ある早朝のこと——おそらくすでに春の近づいている前ぶれなのだろう、はげしい雨脚が窓ガラスを叩いていた――またこの家政婦がいつものおしゃべりを始めたので、グレゴールは癪《しゃく》にさわってカッとなり、むろんのろのろとおぼつかなげにしろ、婆さんの方を向いて、まるで攻撃にかかるような身構えをしてみせたのであった。ところが家政婦は、怖れをなすどころか、ただ、ドアの近くにあった椅子を高々と持ちあげただけだったが、口を大きく開けたまま立ちはだかったところを見ると、どうやら、手にした椅子をグレゴールの背中めがけて打ちおろさなければ、その口を閉じるつもりはないらしかった。「そうかい、それだけのことなんだね」グレゴールがまたくるりと向きを換えると、婆さんはそう訊《たず》ね、椅子をまた静かに部屋の隅へ戻した。

グレゴールは今ではもう、ほとんど何ひとつ食べなくなっていた。用意された食事のそばをたまたま通りすぎるときに、いたずら半分に一口つまんでみるのが関の山で、それもそこで何時間も口にふくんでいて、たいていはまた後で吐きだしてしまう。最初は彼も、こんなに食べる気になれないのは、自室の現状に対する深い悲しみのせいだろうと考えたけれども、部屋の変わりようには、あっという間に馴染んでいた。いつしか習慣で、ほかに収納場所のない物はこの部屋に置くことになってしまい、そうした物が今では山ほどあったが、それというのも住居のうちの一室を三人の間借り人に貸したからだった。この気難し屋の紳士たちは——三人が三人とも顔一面がひげだらけなのを、グレゴールはあるときドアの隙間から確認した——おそろしく整理整頓好きで、自分たちの部屋だけでなく、とにかくこのひとつ屋根の下の住民となったからには、家中がすみずみまで、それもとくに台所がきちんと片付いていなければ気がすまなかった。がらくたや汚れ物のたぐいには、まるで目をつぶっていられないのだ。おまけに家具調度類も、大部分は自分たちの物を持ちこんでいた。こうしたわけで、売るわけにもいかず、さりとて捨ててしまう気にもなれない物があり余ってしまった。これらの一切合切が、グレゴールの部屋に運ばれることになったのである。台所からも同様に、灰すて箱とごみ箱が持ちこまれた。当座は不要な物なら何でも、年中せかせかしている家政婦が片っぱしからグレゴールの部屋へ放りこんできた。運よくグレゴールにはたいてい、当の不要物とそれを持つ手しか、目に入らなかった。おそらく家政婦は、折をみてそれらをまた取りにくるか、みないっぺんに処分するかするつもりだったのだろうに、実際には、とりあえず放りこんだきりずっとここに置きっぱなしだったので、グレゴールはがらくた道具のあいまを縫うようにして這いずりまわり、それができない場合には、がらくた道具を動かしたのだったが、自由に這いまわる場所がなくて、初めは是非もなくやっていたものの、しだいにそうすることが楽しくなっていたとはいえ、しかしそうしてさまよったあとでは、死ぬほどへたばって情けなくなり、彼はまた何時間も身じろぎひとつできずにいるのだった。

間借りの紳士たちは、ときどき夕食を家の共同の居間でとったので、そうした宵には、居間のドアは開けられなかったが、しかしグレゴールは、ドアの開けられるときにも、すでにさほどそれを活用しなくなっており、家族は気づきもしなかったが、自室のいちばん暗い隅にうずくまっていることもよくあるくらいだったから、ドアが開けられなくとも、たやすく諦《あきら》めがついた。ところがあるとき家政婦が、居間のドアを少しばかり開けっぱなしにしてしまい、宵になって、間借りの紳士たちが入ってきて灯りが点《つ》けられても、ドアがそのまま開けられていたことがあった。彼らは、以前は父親と母親とグレゴールの坐っていた上座《かみざ》の食卓につき、ナプキンをひろげ、ナイフとフォークを手にとった。ほどなくドア口に、大皿に盛った肉料理を手にした母親と、すぐ続いて、高々と盛りあげたポテトの皿を持った妹があらわれた。料理はあつあつで威勢よく湯気をたてている。間借りの紳士たちは、いかにも料理を味見したくてたまらぬ様子でためつすがめつし、目の前に並んだ大皿の上にかがみこんで、そして実際に、真ん中に陣取ってほかの二人から兄貴分と見なされているらしい紳士が、大皿の一片の肉にナイフを入れたが、充分に柔らかいか、ちょっと台所へ戻すべきか、あきらかに確かめてみるためらしかった。彼は満足の意をあらわし、緊張して見守っていた母親と妹は、はっと胸をなでおろしてニコニコしはじめた。

家族たち自身が食べるのは、台所だった。にもかかわらず父親は、台所へ行く前にこの部屋へ入ると、制帽を手にとって一度だけお辞儀をし、食卓をぐるりとひとまわりした。間借りの紳士たちもそろって立ちあがり、ひげの中で何やらぶつぶつ言った。それから自分たちだけになると、彼らはほぼ完全に黙りこくって食べつづけた。奇妙なことにグレゴールには、食事中のさまざまな物音の中から、いつもくりかえし歯の噛《か》む音が耳につくのだったが、まるでそのことで、食べるには歯が必要であり、歯のない顎《あご》なんてどんなに立派でも何にもならない、ということを見せつけられているかのようだった。

「ぼくにだって食欲はあるさ」と、グレゴールは不安でいっぱいになって、独りごちた、「でも、こんなものは食べたくないね。どんなにこの間借りの紳士たちが食べようと、ぼくは食べずにくたばっていくんだ！」

おりしもこの晩のこと、ヴァイオリンの音色が――あれ以来ずっと、グレゴールには耳にした記憶がなかった――台所から響いてきた。間借りの紳士たちは、すでに夕食をすませ、真ん中に陣取った紳士が新聞をひっぱりだしてきて、一枚ずつほかの二人に手渡し、彼らは椅子にゆったり寄りかかり、煙草《たばこ》をふかしながら読んでいた。そこへヴァイオリンが鳴りはじめ、それに気づいた彼らは立ちあがると、爪先立ちで玄関ホールのドアのところまで行き、そこで立ち往生して、もみくしゃになる一騒動とあいなった。「紳士のみなさん、ひょっとしてお耳ざわりなんじゃありませんか。すぐにやめてもいいのですが」と父親がさけんだのは、それを台所で聞きつけたからにちがいなかった。「その逆ですよ」と真ん中の紳士が言った、「お嬢さんこそわれわれのところへ来て、この部屋で弾いてもらえませんか、ここの方がずっと快適で、気分がいいですからね」父親は、まるで自分がヴァイオリンを弾いているかのように、「はあ、それは恐縮です」とさけんだ。紳士たちは部屋に戻って、待ちかまえている。すぐに父親が譜面台を、母親が楽譜を持ち、妹がヴァイオリンを抱えてやってきた。妹は落ち着いて演奏の準備をととのえる。これまで貸し間などしたことのなかった両親は、間借り人たちに遠慮しすぎるきらいがあり、自分たちの椅子にさえ坐りかねていた。父親は制服の上着をきちんと着てドアに寄りかかり、ボタンとボタンのあいだに右手をつっこんでいる。母親の方は、それでもひとりの紳士に椅子をすすめられて腰をおろしたが、その紳士が椅子を置いたのがたまたま離れた片隅だったので、そのままそこに坐りこんだ。

妹は弾きはじめた。父親と母親は、それぞれの側から固唾《かたず》をのんで娘の手の運びを見守っている。グレゴールはその演奏に惹《ひ》きよせられ、少しずつ身を前に乗りだしていくうちに、いつしか首を居間にのぞかせていた。この頃の彼はさっぱり他人に心を配らなくなり、それをまたほとんど訝《いぶか》しくも思わないでいる。以前には、この他人への心配りこそが彼の誇りだった。だがその心配りという点では、今こそまさに、以前にもまして自分の姿を隠しておかねばならぬ理由があるのであって、彼の部屋はどこもかしこも埃だらけで、ちょっと動いてもあたりに埃が舞いあがり、彼もすっかり埃をかぶっていたのである。糸くずや髪の毛、食べ物の残りかすなどを背中や脇腹につけたまま、動きまわっている始末だった。彼は万事に無頓着になっていて、以前のように、昼間のうちに幾度となく仰向けに転がって、絨毯《じゅうたん》にからだをこすりつけることもしなくなっていた。そしてこの有様でありながら、平気で塵《ちり》ひとつない居間の床に、こうしてしゃしゃり出てきてしまったのであった。

もっとも、誰も彼のことなど気がつかなかった。家族たちは、すっかりヴァイオリンの演奏に気をとられてしまっている。それに反して間借りの紳士たちは、初めのうちこそズボンのポケットに手をつっこみ、譜面台のすぐ後ろに陣取って、三人とも楽譜が覗けるくらいに近かったから、さぞかし妹の邪魔になったにちがいなかったが、やがて、小声で話しあいながら顔を伏せて窓際へ引きさがり、父親は気になる様子でそれをじろじろ見ていたけれども、案の定そこに彼らは落ち着いた。実際いまや、彼らの態度はあからさまに見えすいたもので、心地よいヴァイオリンの演奏を楽しんで聴くつもりでいたのに、幻滅し、いかにも実演にはあきあきして、ただお義理でおとなしくしているのだと言わぬばかり。ことに、三人そろって鼻や口から葉巻の煙を高く吹きあげているので、どう見ても、ひどく苛々しているのがわかった。それにしても、妹の演奏は美しく見事だった。顔をわきにかしげ、憂いをふくんだ目で譜面の音符を吟味するように追っている。グレゴールはさらに少し前に這いでて、できることなら妹と視線を合わせたいものと、床すれすれまで頭を低く下げた。こんなにも音楽に感動させられているからには、ぼくは獣なのだろうか。待ち焦がれてきた未知の生きる糧《かて》への道が、いま目の前にひらけているような気がする。妹のところまで突進し、そのスカートの裾《すそ》をくわえて引っぱってやろう、と彼は心を決めたが、そうすることで妹に、さあ、ヴァイオリンを持ってぼくの部屋へおいで、ここでは誰ひとりぼくほどの手応えを見せてはくれないのだからね、とほのめかそうと考えたのである。彼にはもはや、すくなくとも自分の生きているかぎり、妹を自分の部屋から出す気はなかった。おのれの恐ろしい形相が初めて役に立つというものだ。彼は、自分の部屋のドアというドアに等しく注意をはらい、侵入者にはフウーッとうなって脅《おど》かすつもりだった。妹にはしかし、無理強いされてではなく、自分の意志で彼の部屋にいてもらいたかった。一緒に並んで長椅子に腰掛けてもらい、妹が耳を下に傾けてきたら、ぜひとも妹を音楽学校《コンセルヴァトリウム》に入れるべく決意していたことを、そしてこんな災難さえなければこの前のクリスマスに——たしかもう、クリスマスは過ぎたんだよね——どんな反対があろうと、それをみんなに宣言していたはずだったことを、彼は打ち明けてやろうと思っていた。この打ち明け話を聞いたら、妹は感激してわっと泣きだしてしまうだろうが、グレゴールは妹の肩まで伸びあがり、妹が店に出るようになってからリボンも襟《えり》もつけないで剝《む》きだしにしているうなじに、キスをするのだ。

「ザムザさん!」真ん中の紳士が父親にむかって大声を出すと、それきり口はつぐみ、人差指で、ゆっくり前に動いてくるグレゴールを指してみせた。ヴァイオリンが鳴りやみ、真ん中の間借りの紳士は、ひとまず首を振って友人たちにニヤリと笑いかけ、それからまたグレゴールをじっと見つめた。父親は、グレゴールを追いはらうよりも、さしあたり間借りの紳士たちを安心させる方が先決と見てとったらしかったが、彼らはいっこうに興奮した様子もなく、ヴァイオリンの演奏よりグレゴールの方をよっぽどおもしろがっているように見えた。父親は彼らのところにとんでいき、自分たちの部屋へ引きあげるよう、両腕をひろげて彼らをせきたて、同時にそのからだで、グレゴールの姿が彼らに見えないように隠した。そこで今度は間借りの紳士たちも、いささか本当に機嫌を損ねてしまい、それが父親の態度に対してなのか、グレゴールみたいな隣室の住人がいたとも露知らず、今ようやくそれがわかったことに対してだったのか、もはやはっきりしなかった。彼らは腕をふりあげ、父親に説明を求めたものの、落ち着かなげにひげをひねりながら、ただのろのろと部屋へ引きさがっていった。そのあいだ妹は、ぷつんと弾くのをやめると、我を忘れてぼんやりしていたが、しばしだらりと下げた手にヴァイオリンと弓をつかみ、なおも弾きつづけるかのごとく楽譜を覗きこんでいたのを、気を取りなおして一気に奮いたち、呼吸が困難になって椅子に坐ったまま激しく喘《あえ》いでいる母親の膝に楽器を置くなり、父親に追いたてられた間借りの紳士たちが次第に足を速めて近づきつつある隣室へ駆けこんだ。みるみるうちに、妹の熟達した手でふとんや枕が宙を飛び、ベッドがきちんと整えられていった。紳士たちが部屋にたどりつく前にべッドをしつらえ終えると、妹はさっと外に滑りでた。父親はまたしてもその意固地なところが出てきたとみえて、ともかくも間借り人たちには払わなければならぬ敬意を、どうやら忘れてしまったらしかった。押して押して、押しまくり、部屋のドアのところまできて、真ん中の紳士が足を大きく踏み鳴らしたので、ようやく父親は立ちどまった。「私はここに宣言します」と、真ん中の紳士は片手をあげ、目顔《めがお》で母親と妹をさがしながら言った、「私は、この住居と家族に顕著である不快な諸状況にかんがみ」――ここで彼はとっさに思いたって床に唾《つば》を吐いた――「即座に私の部屋の解約を通告します。言うまでもなく、これまで住んだ期間に対しても、私はびた一文たりとも支払うつもりはありませんし、それにひきかえ、私の方の損害賠償請求は、れっきとした根拠のあるものばかりですが――嘘ではありませんぞ――あなた方に提出するかどうか、これからじっくり検討してみることにします」彼はそこで押し黙ると、何かを待ちうけるかのようにしばし前方を見つめた。実際ただちに、「われわれも、即座に解約を通告します」

と、二人の友人たちが口をはさんだ。それから真ん中の紳士がドアの把手《とって》をつかむや、バタンと大きな音をたててドアを閉めた。

父親は、手さぐりしながらよろよろと自分の椅子のところまで来ると、どさりとその中に倒れこんだ。彼は長々と寝そべるように坐って、いつもの夕食後のうたた寝をしているように見えたが、頭をだらしなく上下に大きく揺さぶっていたので、眠っていないことは明らかだった。グレゴールはその間ずっと、間借りの紳士たちに発見されてしまったその場に、じっと這いつくばっていた。思い描いていた計画がみじめに終わってひどく落胆し、おそらくは断食を重ねてきたための衰弱もあいまって、彼は身動きすらできなくなっていた。つぎの瞬間には、全員で一挙に彼の上に襲いかかってくるのだろうと、彼はある種の確信をもって怖れながら、それを待ちうけていた。母親の膝の上でふるえていた指からヴァイオリンが滑り落ち、バラランと音を響かせたが、もはや彼はギクリともしなかった。

「ねえ、父さん、母さんったら」と妹が声をあげて、話の口火に食卓を片手で叩いた、「こうなったら、もうおしまいよ。父さんや母さんにはわからないかもしれないけれど、わたしにはわかるの。わたし、こんな怪獣みたいなものの前で、兄さんだなんて口にしたくないから、こんな言い方をするしかないんだけど、わたしたち、これをお払い箱にすることを考えるべきなのよ。これの世話をして、我慢を重ね、わたしたち、人間としてできる限りのことはやってきたし、誰からもこれっぽっちも、後ろ指をさされることはないわ、わたし、そう思っているわよ」

「まったく、この子の言うとおりだ」と父親は独りごちた。相変わらずまだよく呼吸のできない母親は、口に手をあてがい、気がふれたかのような目つきをして、うつろな咳《せき》をしはじめた。

妹は急いで母親に近より、額《ひたい》をおさえた。父親は妹の言葉で何やら考えが定まってきたらしく、間借りの紳士たちの夕食の皿がまだ残されている食卓に姿勢を正して坐り、制帽をもてあそびながら、じっとしているグレゴールにときおり目をやった。

「わたしたち、これをお払い箱にすることを考えるべきなのよ」と妹は、母親は咳がひどくて何ひとつ耳に入らないので、今度はもっぱら父親にむかって言った、「これのおかげで、二人ともからだをこわしかねないわ、わたしには目に見えている。わたしたちみんなのように、仕事に出なきゃならないだけでも充分つらいのに、その上、家でもこんないつ果てるともない責苦にあうなんて、とてもたまったものじゃないわ。わたしだって、もうたくさんよ」そう言うとわっと激しく泣きだし、その涙が母親の顔に流れ落ちたので、彼女は機械的に手を動かしてぬぐった。

「だがな、グレーテ」と父親は、いかにもよくわかるというふうに、思いやりをこめて言った、「いったいどうしたらいいんだろうね」

妹は、先刻までの断固とした調子とはうらはらに、いま泣いているうちに、すっかり途方にくれた思いにとりつかれてしまい、そのしるしに、ただ肩をすくめてみせた。

「あいつが言葉さえわかってくれればな」と父親は、半ば問いただすように言った。妹は泣きながらも、そんなことは思いもよらないと、激しく手をふって合図した。

「あいつが言葉さえわかってくれればな」と父親はまたくりかえし、目をとじて、そんなことは不可能だという妹の確信を、自分でも受け入れようとした、「そうしたら、あいつと話の折り合いをつけることだって、満更できない相談でもあるまいが。しかし、このざまじゃあ――」

「これを処分するしかないわ」と妹がさけんだ、「そうすることが唯一の手段なのよ、父さん。これがグレゴール兄さんだなんていう考えだけは、お払い箱にすべきね。わたしたちが長いことそう信じてきたっていうことこそが、そもそもわたしたちの不幸にほかならなかったんだわ。だって、いったいどうして、これがグレゴール兄さんだっていうの。これがグレゴール兄さんだったら、とっくの昔に、人間とこんな獣との共同生活なんかできっこないと悟って、さっさと自分から出て行ってるわ。そうすれば、兄さんはいなくなるけど、わたしたちは生きのびられるし、兄さんの思い出を大切に胸にしまってもおけるってものよね。ところがこの獣ときたら、こうやってわたしたちを追いまわす、間借りのみなさんは追いだしてしまう、きっとこの家全部を占領してしまって、わたしたちを路頭に迷わすつもりなのよ。ほら、見てよ、父さん」と、いきなり彼女は大声をあげた、「もうまた、始めたわ!」狐につままれた思いのグレゴールをよそに、妹は恐怖のあまり母親からさえ離れ、グレゴールのそばにいるくらいなら母親を犠牲にした方がましだとばかりに、母親の椅子をまぎれもなく突きとばし、父親の背後へと急いだが、この妹の振舞いだけでおろおろしてしまった父親は、やはり立ちあがって、娘をかばうように両腕をその前へ半ばさしだした。

けれどもグレゴールにしてみれば、誰かを、ましてや自分の妹を、怖がらせようなどと思いつくはずもなかった。彼はただ自分の部屋へ戻ろうとして、方向転換をしはじめただけのことだったのだが、それが非常に人目についたのは確かだとしても、彼のからだは動かすだけでも難儀な状態で、何度も首を持ちあげては床にたたきつけ、その助けを借りて、やっとの思いで少しずつ方向を換えていくしかなかったのである。彼はその作業を中断し、周囲を見まわした。彼の誠意はわかってもらえたらしかった。ほんの一瞬、びっくりしただけのことなのだ。今ではみんなが彼を、黙りこくって悲しそうに見つめている。母親は両足をそろえて伸ばし、自分の椅子に寝そべっていたが、その目は疲労のためにふさがりかけている。父親と妹は並んで腰掛け、妹は父親の首に片腕をまきつけている。

「こうなればもう、方向転換しても大丈夫そうだな」とグレゴールは考え、ふたたび方向を換えはじめた。目いっぱいの作業に息切れを抑えきれず、ときどきまた休まざるをえなかった。ともあれ、誰に追いたてられるわけでもなく、万事、自分のしたいようにすることができた。方向転換し終えると、すぐさま彼は這いずって、まっすぐ戻りはじめた。自分の部屋までの距離に彼は驚かされ、この同じ道をつい先刻、べつに遠いとも思わず、この弱ったからだでどのようにしてやって来たのか、不思議でならなかった。ただはやく這って戻りたいという一念にかられていたから、ほとんど気づきようもなかったものの、家族たちは言葉をかけたり叫び声をあげたりして彼を邪魔しようとすらしなかった。ドアの中に踏みこむときに、彼はようやく顔を後ろにむけてみたが、首筋がこわばっている感じがして、完全に振りかえることはできず、いずれにしろ、後方にはとくに何の変化も認められず、ただ、妹が椅子から立ちあがっていたのが見えただけだった。最後に彼が見かけた母親は、もうすっかり眠りこけていた。

彼が部屋の中に入ると、間髪を入れずにドアが押され、ガチャリと固く閉じられた。突然の背後でのこの物音にグレゴールはひどく驚かされ、小さな脚たちまで、ガクッと膝が折れてしまった。そんなに慌ててドアを閉めたのは、妹だった。とっくに立ちあがって待ちかまえ、すかさずとんできたので、グレゴールには彼女の足音すらまったく聞こえなかったが、妹はたった一言、「やれやれだわ！」と、鍵穴の鍵をまわしながら両親にむかってさけんだものだ。

「さて、今からどうしたものか」とグレゴールは自問しながら、暗闇の中であたりを見まわした。もはや動くことさえままならなくなっていることに、彼はまもなく気づいた。彼はそのことをとくに怪しみもせず、むしろ、こんなにか細く小さな脚で、今まで実際に移動しつづけられたことの方が、よっぽど不思議に思えた。それを除けば、気分はけっして悪くなかった。からだ全体が痛いには痛かったけれども、その痛みは少しずつ徐々にやわらいで、結局は消えてしまいそうに思われた。ふわふわした埃でおおわれた背中の腐った林檎とその周囲の炎症部も、すでにほとんど気にならなくなっていた。彼は家族たちのことを、感動と愛情をこめて回想した。自分は消えていなくなるべきだ、というグレゴールの考えは、ことによると、妹のそれよりもはるかに決然としたものなのかもしれなかった。こうして彼は、虚《むな》しくも安らいだ物思いにいつまでもひたっていたが、やがて、塔時計が朝の三時を打った。窓の外が一面にほんのり明るみはじめたとき、彼はまだそれを味わうことができた。そして、いつしかグレゴールの頭はすっかり沈みこみ、鼻から力なく最期《さいご》の息が流れ出た。

朝早くあの家政婦がやってきて――これまでもいくら頼んでも、ドアというドアをただもう力まかせにせわしなくバタバタ閉めるのをやめないので、この婆さんがやってきたら最後、もう家中が安眠できなくなってしまうのだった――、いつもどおりの習慣でちょっとグレゴールの部屋を覗いてみたが、初めのうちは、とくに何も気づかなかった。わざとそうして身動きもせずにふてくされているのだと思った。婆さんは、グレゴールには何でも理解できていると信じていたのだ。たまたまそのとき手にしていたものだから、婆さんは長い箒でドア口からグレゴールをくすぐってみた。それが何の効果もあらわさなかったので、いささかむきになり、今度は少しグレゴールを突っついた。すると、グレゴールは手応えもなく押しやられるばかりだったため、ようやく婆さんも感づいた。ほどなく事の次第を悟り、目をまるくした婆さんはおもわず口笛を吹いたが、さて、ぐずぐずしてはいられず、寝室のドアをさっと開き、中の暗闇にむかって大声でさけんだ、「そーれまあ、ご覧になってくださいよ、あれがくたばってますから。あそこに、すっかりくたばって、倒れてますから！」

ザムザ夫妻は、ダブルベッドでガバッと身を起こしたが、家政婦のご注進の意味するところを呑みこむにいたるには、まずもって、婆さんに度肝を抜かれた気分をしずめなければならなかった。それからしかしザムザ夫妻は、ベッドのそれぞれの側に慌ただしく降り、ザムザ氏は毛布を肩にかけ、ザムザ夫人は寝間着のままで寝室を出た。そのまま夫妻はグレゴールの部屋へ入った。その間に居間のドアも開いたが、間借りの紳士たちが入居してきて以来、居間にはグレーテが寝ている。妹はまるで一睡もしなかったかのようにきちんと服を着こんでおり、蒼白《あおじろ》い顔もそれを裏書きしているように見えた。「死んでるのかしらね」とザムザ夫人は言い、問いただすように家政婦を見あげたが、すべて自分で確かめられることだし、そもそも、確かめてみるまでもないことだった。

「もちろんですよ」と家政婦は言いながら、その証拠に、箒でグレゴールの屍体《したい》をもう一突きして、大きく横へ動かした。ザムザ夫人はその箒を引きとめたいような素振りを見せたが、それだけだった。「さてさて」とザムザ氏は言った、

「これで私らも神様にお礼が言えるというものだ」そして彼が十字を切ると、三人の女たちもそれにならった。「ちょっと見てよ、なんて兄さんは痩《や》せちゃっているのかしら。ほんとにもうずいぶん長いこと、何も食べなかったんですもの。いくら食べ物を差し入れても、またそのまま返されてきてしまって」と、屍体に目を据えたまま、グレーテが言った。そのとおり、グレゴールのからだはすっかり平べったく、干乾びていたが、もはやその小さな脚たちを下にして起きあがっているわけでもなく、そのほかに目をそらすものもなかったから、こうなってはじめて、それがありありとわかるのだった。

「グレーテ、ちょっとわたしたちの部屋へいらっしゃい」とザムザ夫人が、もの悲しげな微笑を浮かべながら言い、グレーテは、屍体を振りかえらずにはいられなかったが、両親のあとから寝室に入っていった。家政婦はドアを閉め、窓をすっかり開けはなした。まだ朝早くだというのに、新鮮な空気はすでにどことなく温《ぬく》もりをおびている。まさにもう、三月も末になっていた。

自分たちの部屋から三人の間借りの紳士たちが出てきて、怪訝《けげん》そうに朝食をさがして見まわした。彼らはすっかり忘れられていた。「朝食はどこかな」と、真ん中の紳士が無愛想に家政婦に訊ねた。しかし婆さんは指を口にあて、慌ただしく黙って身振りで、グレゴールの部屋へ行ってごらん、と紳士たちに合図した。はたして彼らは入っていき、今ではすっかり明るくなった部屋で、着古した上着のポケットに両手をつっこんだまま、グレゴールの屍体を囲むように立った。

そのとき寝室のドアが開き、片腕には彼の妻、もう片腕には彼の娘を従えたザムザ氏が、用務員の制服姿であらわれた。三人ともいささか泣き腫《は》らした顔だった。グレーテはときおり、顔を父親の腕に押しつけている。

「私の家から、即刻お立ち退《の》き願いたい！」とザムザ氏が言って、女二人を両脇に従えたまま、ドアを指さした。「と、おっしゃいますのは」と真ん中の紳士は、ちょっとどぎまぎしながら言って、お追従《ついしょう》笑いをうかべた。あとの二人は両手を背後にまわし、たえずこすりあわせて、自分たちの優勢勝ちに決まっているこの大論争を、いかにも楽しげに待ちかまえていた。ザムザ氏は「まさしく、申しあげたとおりのことですがね」と答え、左右に二人の女を従えて一列になり、その間借りの紳士に歩みよった。紳士はひとまず立ちつくし、あたかも頭の中でいろいろ整理しなおしているかのように、無言で床を見つめた。「それでは、私どもは出ていくことにしましょう」やがて彼はそう言い、まるで、不意にへつらう感情におそわれ、こんな決心にさえあらためて寛恕《かんじょ》を請うかのごとく、ザムザ氏を見あげた。ザムザ氏は大きな目をして、何度もあっさりうなずいてみせるばかりだった。それを見て真ん中の紳士は、本当に、すぐさま玄関ホールへ大股で歩いていった。二人の友人たちは、すでに最前から手をこすりあわせるのをやめ、聞き耳を立てていたが、ザムザ氏の方が先に玄関ホールへ入ってしまい、自分たちがリーダーと合流するのを邪魔立てするのではないか、と不安に駆られたらしく、このときとばかり、とぶように真ん中の紳士を追っていった。玄関ホールで三人は、そろって洋服掛けから帽子をとり、ステッキ立てから自分たちのステッキを抜き、黙って一礼すると、家を出ていった。ザムザ氏は、何の根拠もない、まったくあきらかな杞憂《きゆう》から、二人の女たちを連れて玄関先に出てみた。彼らは、階段の踊り場の手すりに寄りかかりながら、三人の紳士たちが長い回り階段をゆっくり、しかし断固とした足どりで降りていくのを、じっと見つめたが、各階ごとに、階段の特定の曲がり角へくると紳士たちの姿が消え、しばらくするとまた見えてくる。紳士たちが下へ降りていくにつれ、しだいにザムザ一家の関心も薄らいでいき、やがて、頭に籠《かご》を載せた肉屋の職人が紳士たちとすれ違い、誇らしげにさらに上階まで昇ってくると、ほどなくザムザ氏は女二人とともに手すりをはなれ、ほっとしたように、うちそろって住まいの中へ戻っていった。

ザムザ夫妻と娘は、今日という日を休養と散策に使うことに一決した。彼らには、そうやって仕事を休んでしかるべき当然の理由があったばかりでなく、むしろそれがぜひとも必要なのだった。そこで三人は食卓に坐り、ザムザ氏は銀行の上司に、ザムザ夫人は仕事の注文主に、そしてグレーテは店主に宛てて、三通の欠勤届けを書きだした。そのさなかにあの家政婦が入ってきて、もう朝の仕事は終わったから帰ります、と言った。三人は書きながら見むきもせず、とりあえずうなずいただけだったが、家政婦がなかなか出ていこうとしないので、業を煮やし、ようやっとのことで顔をあげた。「何だね」とザムザ氏が訊《き》いた。家政婦は薄笑いを浮かべて戸口に立ち、まるで、この一家にすばらしい幸福な知らせをもたらすことができるのだが、ちゃんと改まって伺いをたてられるのでなければ教えるわけにはいかない、とでも言いたげだった。婆さんの帽子の上にほぼ直立している小さな駝鳥《だちょう》の羽根が、あらゆる方角にかるく揺れていたが、そもそもザムザ氏にはこの羽根が、家政婦の働きはじめた当初から、ずっと気に入らなかった。

「いったい、何なのよ」と、まだしも婆さんに敬意を払われているザムザ夫人が訊ねた。

「はい」、と家政婦は答えたが、愛想よく笑ったので、すぐにはその先が言えなかった、

「あのう、となりの部屋のあのしろものはですね、始末なさるご心配はいりませんので。もうちゃんとかたづいてますから」ザムザ夫人とグレーテは、さっと手紙の上にかがみこみ、先を書きつづけようとするかのような姿勢を見せた。ザムザ氏は、家政婦が今にも何もかも洗いざらいしゃべりだそうとしているのに気づき、手を伸ばして、きっぱりそれを制止した。おしゃべりを封じられて、婆さんはあきらかに感情を害したらしく、とたんに自分がひどく急いでいたことを思い出し、「失礼します《アディユー》よ、みなさん」とさけんで、クルリとまわれ右すると、ドアを閉める音もすさまじく、家を出ていった。

「今晩にも、馘《くび》にしてやる」とザムザ氏は言ったが、彼の妻からも娘からも返事はなく、というのも、家政婦のおかげで、得られたばかりの二人の心の平安が、またかき乱されてしまったかららしい。彼の妻と娘は立ちあがって窓際に行き、抱きあったままそこに立ちつくしている。ザムザ氏は、椅子にかけたまま二人の方を向き、しばらく無言でその様子を眺めていた。それからやおら、声をあげた、「さあ、こっちへこないか。過ぎたことはもういい加減にしとくんだ。少しはこの年寄りのことも考えてほしいな」

女二人はすぐに言うことをきき、急いで彼のところに来ると、やさしくいたわって、そそくさと欠勤届けを書きあげた。

やがて彼ら三人は、もう数カ月このかた絶えてなかったことだったが、うちそろって家を出て、電車に乗り、広い郊外に向かった。彼らしか乗ってない車中を、ポカポカした陽射《ひざ》しがいっぱいに照らしていた。ゆったりと座席に寄りかかり、将来の見通しをあれこれと語りあってみると、これまでついぞ訊ねあうことすらなかった三人三様の勤め口も、それぞれいたって恵まれており、前途は大いに有望だったので、よく考えてみれば、一家のこれから先は、まんざら悪くないことがわかってきた。目下の最大の懸案は、言うまでもなく、住居を変えることによって、たやすく改善されるはずであり、彼らは今、グレゴールが見つけてくれたこれまでの家よりも、もっと小さくて安あがりの、そのかわり便利で実用本位の住まいを望んでいた。こんなことをしゃべりあっているうちに、しだいに生き生きとはずんでくる娘の様子に見とれ、この娘《こ》が、頬もやつれるほどの苦労を重ねながらも、近頃めっきり美しくふくよかな娘ざかりになってきたことを、ザムザ夫妻はほとんど同時に悟ったのである。しだいに黙りがちになって、さりげなく目顔でうなずきあいながら、さあ、そろそろこの娘《こ》にいい結婚相手でも探してやらなければ、と彼らは考えていた。降りる駅に着いて、娘が先だって立ちあがり、その若い肉体をのびやかに動かしはじめると、夫妻にはそれが、あたかもさまざまな自分たちの新しい夢と誠意とを、たしかに保証してくれるもののように思われた。

断食芸人

この数十年のあいだに、断食芸人《だんじき》の人気はすっかりありがた落ちになった。かつては、自前で大がかりな断食興行を打つことがよい儲《もう》けになったものだが、今日ではまるでお話にならない。時代が変わったのだ。当時は、町をあげて断食芸人の噂でもちきりだった。断食日が進むにつれ、人気はますます高まっていった。猫も杓子《しゃくし》も、せめて日に一度は断食芸人を見ないことには気がすまなかった。中日《なかび》をすぎると、鉄格子で作られた箱形の檻《おり》の前に、通しの券を買って何日でも坐りつづける客さえいた。夜がふけても、松明《たいまつ》の光でさらに引き立ち、見世物は続けられた。晴れた日には檻は会場の外に運ばれ、今度はおもに子どもたちが断食芸人を見物させてもらう番だった。大人たちにとっては、往々にして面白半分のはやりものにすぎなかったけれども、子どもたちはびっくりして口をあけたまま、こわごわ手をとりあい、穴のあくほど見つめていたもので、断食芸人はといえば、蒼《あお》ざめた顔をして、黒いジャージのぴったりした運動着を身につけ、あばら骨があらわに目立ったが、椅子《いす》さえ拒んで藁《わら》を敷いた上に坐り、ていねいに一礼して、ぎこちなく微笑《ほほえ》んで質問に答え、鉄格子ごしに腕をさしのべて、いかに痩《や》せさらばえたか触らせ、そしてその後はまたじっと物思いに沈んでしまい、いかなる人のことも、檻の中の唯一の家財道具である大切な時計の音さえも気にかけず、ただ一心不乱に半眼をとじて前方を見すえ、ときどき小さなグラスから水をすすって、唇を湿らすことしかしなかった。

入れかわり立ちかわる観客のほかに、一般観衆から選ばれた番人も必ずそこにいて、それがまた奇妙にもたいてい肉屋だったが、常時三人ずつ、断食芸人がこっそり何か盗み食いをすることのないよう、夜昼となく監視する役をつとめていた。しかしそれは、大衆の気休めのために取り入れられた、単なる形式にすぎず、どんなことがあろうと、たとえ強制されようと、断食芸人が断食中に食べ物を口にするはずもないことは、この道の消息通ならばよく知っていた。断食という行《ぎょう》の名誉が、それを禁じたのである。むろん番人の誰もがそのことを心得ていたわけではなく、ときにはひどくずぼらな監視しかしない夜番たちもいて、彼らなりの考えで、隠し持っている飲食物があるのだろうから、構わず何かとりだして一服するがいい、と断食芸人に言わんばかりに、わざと遠く離れた一隅にたむろして坐りこみ、トランプ遊びに耽《ふけ》るのだった。断食芸人にとって、こうした番人たちほど疎《うと》ましい存在はなかった。彼らは彼をみじめにした。断食を絶望的な苦行にした。ときには彼らが番人をしているあいだ、彼は体力の衰えにもめげず、耐えうるかぎり歌い続けて、彼らの疑惑がいかにお門《かど》違いか知らしめようとした。しかし、それもほとんど役に立たなかった。歌いながらですら盗み食いできる器用さに、彼らはただ驚くのみだった。断食芸人にとっては、鉄格子のかたわらに腰をおろし、会場内のぼんやりした照明では足りずに、興行師から提供された懐中電灯で彼を照らしつける番人たちの方が、はるかに好ましかった。まばゆい光は少しも邪魔にならず、眠ることこそむろんできなかったが、彼はいつでも、いかなる照明のもとでも、どんな時刻でも、超満員の騒々しい会場内でも、いくらかまどろむことはできたのである。彼はこうした番人たちと、進んで一睡もせずに夜をすごそうとした。ともにふざけ合い、巡業生活の四方山話《よもやまばなし》をして聞かせ、さらにまた彼らの話に耳を傾けたりすることも、彼はなんら辞さなかったが、それもこれもすべて、彼らを眠らさずにおき、自分は檻の中に食べ物を一切持ちこんでいないし、彼らの誰ひとりとして真似のできぬほど断食して餓えているのだということを、くりかえし見せつけてやるためだった。だがしかし、それから朝となり、彼の勘定持ちで彼らのためにたっぷりありあまるほどの朝食が運ばれてきて、徹夜で疲れた健康な男たちが旺盛な食欲でそれにかぶりつくときこそ、彼の至福の時にほかならなかった。この朝食の饗応には、たしかに番人たちへの不穏当な影響を指摘する人びともいないではなかったが、しかしそれは穿《うが》ちすぎというものであって、そうした人びとに、その影響を受けないように、朝食抜きでも夜番を引き受けるつもりがありますか、と訊《たず》ねると、そうした声はいつしか消えていったものの、それでもなお彼らの疑惑が消えさることはなかった。

このことはむろん、断食というものにどうしても付きまとう嫌疑のひとつだった。誰だって連日連夜、たえず断食芸人のかたわらで番人をつとめることはできないし、したがって誰ひとりとして、実際にたえず間違いなく断食が行なわれているのか、自分の目で確かめることのできる者はいなかった。それができるのはひとり断食芸人自身のみであり、同時に彼だけが、完璧に彼の断食に満足させられる観客でもありえたのである。ところが彼は、また別の理由からだが、けっして満足はしていなかった。彼があんまり痩せて憔悴《しょうすい》しているので、憐憫《れんびん》の情からこの見世物を敬遠した人びともすくなくなかったにちがいないが、おそらく彼が痩せて憔悴したのは、断食のためではまったくなく、ひとえに自分自身にたいする不満からだったのである。つまり、いかに断食が容易なことであるか、知っているのは彼だけで、いくら消息には通じていてもそのことを承知している人は、ほかにはいなかったのだ。それはこの世でいちばん易しいことだった。そのことを彼はことさら隠そうともしなかったが、人びとは信用しようとはせず、謙遜と受けとったのは好意的な人たちで、たいてい彼は、自己宣伝屋の山師と見なされて、簡単に断食できる秘策を心得ているぺてん師で、だからこそ、図々しく告白じみた真似もする、と思われたのだった。そうした何事にも彼は甘んじなければならず、月日のたつうちには馴れもしたが、この不満はいつも心にこびりついて、彼を苦しめたものの、いまだかつてどの断食期の後でも――このことの証明書が彼には交付されてしかるべきだが――彼は自分からすすんで檻の箱を出ていこうとしたことはなかった。断食を打ち上げる潮時《しおどき》を興行師は四十日と定めていて、それ以上は、世界都市と呼ばれる大都会でも、断固として断食させなかったが、それもたしかな根拠があってのことだった。およそ四十日ぐらいなら、経験から見て、しだいに宣伝が高まるにつれ、ひとつの町の人気をさらにかき立てることができるが、それをすぎると観客も言うことをきかなくなり、客足がとたんに衰えてくることははっきりしていた。もちろんこの点では、都会と地方ではいくらか違うにしても、通常、四十日を打ち上げの潮時とするのが妥当なところだった。

そういう次第で、四十日目ともなれば、花で飾られた檻の扉が開かれることになったのだが、半円形に囲むひな壇状の観覧席が熱狂した観客に埋めつくされ、楽隊が音楽を奏でるなか、二人の医者が檻の中へ入って断食芸人に必要な検診をほどこし、その結果がメガフォンで会場内に報告されて、そして大詰めに、幸運にも抽選で選ばれた二人の若い貴婦人が登場し、断食芸人を檻から二、三段ほど階段下の、周到に選び抜かれた病人食の用意されている小さなテーブルへ案内していく、という趣向だった。しかるにこの瞬間に、きまって断食芸人は抵抗した。かがみこんでさしのべる二人の貴婦人の介添えの手に、たしかに彼は自分から骨ばった両腕をあずけはしたものの、しかし、立ち上がろうとはしなかったのである。どうして四十日目になるこの今、幕を下ろさねばならないのだろう。まだこれから先、いくらでも長く続けられるというのに。断食の最高潮に達したこの今、いや、まだまだこれからこそ最高潮だという矢先に、どうして幕を下ろさねばならないのか。このまま断食を続けて、古今東西もっとも偉大な断食芸人になるという栄誉を、すでに最高の断食芸人であるのはまず間違いないとしても、それを越え、断食能力に行き詰まりを感じないかぎり、さらに想像できないような高みにまで登りつめようとしているときに、どうしてその栄誉を強奪されねばならないのだろうか。こんなにも賛嘆の意を惜しまないでいるこの大観衆が、どうしてそれを辛抱しないことがあろうか。さらに断食を続けることはできるのに、どうして、彼らには辛抱を続けることができないというのか。それに、疲れきっていて、藁の中は坐り心地がいいのに、これからやおら立ちあがって、食事に行かねばならないなんて、そう考えただけで彼は嘔吐《はきけ》を催したが、貴婦人方の手前、それを口に出すことはなんとか抑えた。そして彼は、ひどく親しげに見えて、実は残忍きわまりない二人の貴婦人の瞳を振りあおぎ、痩せ細った頸《くび》の上の重すぎる頭を横にふった。だがそれからいつもおなじみの、お定まりがはじまった。興行師がやってきて、黙って――音楽が鳴っていて口上は不可能だった――断食芸人の頭上に両手をふりあげたのであるが、それはさながら、ここ藁の上なる神の造り子、このいとおしむべき殉難者《じゅんなんしゃ》を照覧あれ、と天にむかって要請するかのようだったし、たしかに断食芸人は、まったく別の意味でだが、殉難者ではあった。興行師は、まるで壊れ物でも扱うような慇懃《いんぎん》な手つきをこれみよがしにしながら、断食芸人の痩せ細った腰をつかんで抱きあげると――その上それとなく揺すりもしたから、断食芸人の足と上体はゆらゆらと大きく揺れた――この間に死人のように顔の蒼ざめてしまった二人の貴婦人に手渡した。もはや断食芸人はすべてを観念していた。たしかに頭は胸の上に載っていたが、あたかもどこからか転がってきた頭が、なぜだかそこに載っかったかのような、そんな感じだった。胴体は衰弱していた。両足は自己保存の本能から、なんとか膝が折れて地面についてしまわないようにあがきつつも、どうしても地面を引っかいてしまい、まるで、それが本物ではないので、まず本物の地面を見つけ出そうとしているかのようだった。そしてからだの重みは、むろんいたって軽くはあるものの、すべて片方の貴婦人にのしかかっていたのだが、彼女は助けを求めながら、ひどく喘《あえ》いで——この名誉ある役がこんなこととは夢にも思っていなかったので——初めのうちは、せめて顔が断食芸人に触れないように、できるだけ頸を伸ばしてはいたものの、それがどうもうまくゆかず、一方、運に恵まれた相方《あいかた》の貴婦人は、助けに来てくれるどころか、骨が皮で包まれたような小さな断食芸人の手を、わななきながら目の前に捧げもつだけで満足している様子だったものだから、会場内が笑いに沸きたつや、彼女はわっと泣きだしてしまい、先刻から待ちかまえていた後見と交代しなければならなかった。そして食事という段になると、断食芸人の状態に耳目《じもく》が集まらぬよう、興行師が面白おかしくしゃべりたてながら、失神同然にまどろんでいる断食芸人に、自ら食べ物を少し流しこんでやるのだった。やがて興行師は、断食芸人に耳打ちされたからという触れ込みで、乾杯の辞を観衆にむかってさけんだ。楽団がファンファーレを轟《とどろ》かせ、これで無事に打ち出しとなって、三々五々みな散っていったが、誰もが演《だ》し物に満足し、不満なのはただひとり断食芸人のみ、いつも彼だけは満足しなかったのである。

かくして彼は長い年月を、規則正しく短い休演期間をはさみながら、うわべは華やかに世間から敬われて暮らしたが、にもかかわらず彼は、いつも憂鬱《ゆううつ》な気分に落ちこんでいき、またそれを誰ひとり真《ま》に受けてはくれなかったので、ますます憂鬱にふさぎこんでいった。どうやって彼を慰めたらよかったろう。何かまだ、彼には思うところがあったのだろうか。あるとき、ひとりのお人好《よ》しが同情し、おまえさんの悲哀はきっと断食から来ているのだ、と説明しようとしたら、それが特に断食期も後段のこととて、断食芸人がいきなりカッと激怒し、獣のように鉄格子を揺さぶりだして、並みいる人びとを仰天させたことがあった。ところが興行師は、こういう事態に好んで用いる処罰法を心得ていた。彼は集まった観衆に、断食芸人のための詫《わ》びの口上を述べ、断食ゆえに怒りっぽくなっているだけであってみれば、飽食したわれわれにはすぐには理解できないにせよ、断食芸人の振舞いも赦《ゆる》せるというものではないか、と付けくわえた。さらにそこから口上は、今やっている断食よりずっと長く断食を続けることができる、とする断食芸人の主張にも及んで、たしかにこの主張の中にも認められる高遠な努力、正当な意志、そして偉大なる自己否定の精神を、興行師はほめたたえた。だがしかし、と彼はなおも続け、これだけでもう充分に彼の主張の誤りは証明できましょう、と述べて場内で即売中の写真の数々を出して見せたが、なにしろそれらの写真には、痩せ衰えて今にも消えいりそうにしてベッドに横たわる、断食四十日目の断食芸人の姿が写っていたのである。こうしたやり口は、断食芸人にとっては周知のことだったものの、その真実を曲げた牽強付会《けんきょうふかい》ぶりに、あらためてまた神経が参ってしまい、ほとほとうんざりしてしまった。断食の幕を早く下ろしすぎた結果である姿が、その原因を演じさせられているのだ！　この無分別、無分別なこの世に対抗して戦うのは、不可能だった。それでも彼はこりずに、まっとうな信念を胸にいつも鉄格子にもたれ、興行師の話を耳そばだてて聞いたものだったが、写真がとり出されてくるたびに、彼は鉄格子を離れ、ため息をつきながら藁の中に崩れこんだので、胸をなでおろした観衆はふたたび彼に近づいていき、しげしげと見つめることができるようになった。

こうした場面に居合わせた人びとは、数年後にこの時のことを思いおこすと、しばしば自分でも不可解な思いに襲われた。なぜなら、その年月《としつき》のあいだに、冒頭で述べた急激な変化が起きていたからである。それはほとんど突然に生じたのだった。深い原因もいろいろあったのかもしれないが、それを穿鑿《せんさく》しようなど、誰にも思いもよらないことだった。とまれ、ある日のこと、名声に馴れて甘やかされてきた断食芸人は、娯楽を求める大衆が自分から離れ、ほかのいろいろな興行に流れていることに気がついた。もう一度興行師は、まだどこかに昔のような人気が見られないものかと、彼と一緒にヨーロッパの半ばを駆けまわった。すべては無駄だった。ひそかに申しあわせたかのように、どこへ行っても断食見物を嫌う風潮がはっきりできあがっていた。もちろん現実には、一夜にしてそうなったわけではなかったのであり、あの頃は成功に酔いしれてほとんど注意も払わず、未然に防ごうともしなかった前兆が、今にして遅ればせながらに、さまざま思い出されるのだったが、今となっては、何か防衛策を講ずるには時がたちすぎていた。いつかまた断食の時代が来るのは確かだとしても、今生きている人たちにとっては、気休めにもならない。では、断食芸人はどうすればよかったのだろう。何千人もの観衆に囲まれて歓声をあびた人間が、しがない歳の市の見世物小屋に出るわけにもいかなかったし、ほかの仕事に就《つ》くには断食芸人は年をとりすぎていたばかりか、何よりも断食することにあまりに熱中しきっていた。そこで彼は、生涯唯一無二のパートナーだった興行師と袂《たもと》を分かち、自分はある大きなサーカスに雇われることにした。矜持《きょうじ》を失わないために、契約書の条件には見向きもしなかった。

大きいサーカスとは、無数の人間、動物、大道具小道具が、いつもたがいに補いあい、淘汰補充をくりかえし、常にありとあらゆる人、あらゆるものに不足し、難儀しているものだから、断食芸人とて例外ではなかったものの、むろんさほど強く請われたわけでなし、また彼の場合は特殊で、単なる断食芸人としてではなく、彼が古くから名を馳せてきたからこそ雇われもしたのだったが、たしかに、この断食という芸は年をとっても衰えないのを特色としたから、盛りがすぎて第一線を退いた芸人がサーカスに安住の地を求めて逃げこんだ、というわけではまったくなかったのであって、反対に断食芸人は、以前と何ら変わらぬ断食をやってみせると断言して、それを全面的に信じてもらえたし、それだけでなく、これもあっさり確約してもらったのだが、もしも好きなようにやらせてもらえるなら、今こそはじめて本当に世間の度肝を抜くことができる、とさえ主張したものだったけれども、それは、時代の風潮という、熱意のあまり断食芸人の忘れがちだったものを考えるならば、サーカスの専門家たちの失笑を招くだけだったことは言わずと知れていた。

とはいえ断食芸人にしても、結局のところ、こうした現実の状況を見失っていたわけではなく、自分の入った檻が、たとえばサーカスの花形として中央の円形ステージに鎮座はされず、外の動物小屋の並ぶ近くに、それもそこへの通路にあたる場所に置かれたことを、当然のことと認めていた。この檻で何が見られるのかは、何枚もの大きな貼紙に派手な文字で描かれていた。サーカスの幕間《まくあい》に動物小屋を見てまわろうとして観衆が押しかけてきても、断食芸人の前にはちょっとしか立ちどまらず、すぐに通りすぎていくのがお定まりだった。おそらく、もっと長く彼の前に留まっていたくとも、その狭い通路を動物小屋へ急ごうと後から押し寄せてきた人たちには、なぜ途中のここで人が立ちどまっているのか理解が及ばず、誰もゆっくり落ち着いて見物することができなかったのだろう。そのために、この参観時間を言うまでもなく生きがいにして待ちのぞんでいた断食芸人は、にもかかわらず、それをまたひどく怖れるようにもなってしまったのだった。当初は彼も、この幕間の時間が待ち遠しくてたまらなかった。彼は、押しよせてくる大観衆を恍惚《こうこつ》として見守っていたのだったが、ほどなく——いかに意識的な自己欺瞞《ぎまん》に凝り固まっていようと、経験の積み重ねに勝てるものではない——この大観衆の大方は、来る日も来る日も変わることなく、動物小屋の見物人ばかりだと、確信するにいたった。遠くから見ているかぎりでは、それはなんとも惚《ほ》れ惚《ぼ》れするような光景だった。というのも、彼の檻に近づいてくると見物人たちは、たちまち二手《ふたて》に分かれて罵倒し、さけびあい、いつも彼のまわりで大騒ぎを演じたからで、片方は――こちらの方が彼にはすぐに耐えがたくなった――ゆっくり彼を見物しようとする人びとだったが、べつに断食を理解してのことではなく、ただ思いつきと相手方への反発心からなのであり、もう片方は、ただ何よりも動物小屋へ急ごうとしている人びとだった。一団が群れをなして通りすぎたあとから、出遅れた何人かの人たちがやってきたが、彼らはもちろん、その気さえあればじっくり立ちどまることもできたのに、動物たちをなんとしてでも時間内に見物してしまおうと、大股でほとんどわき目もふらず、大急ぎで通っていった。そしてめったにない幸運な場合とはいえ、家族づれで来た父親が子どもたちに、断食芸人を指さしては、いったいここで何をしているのか、詳しく説明してやることもあって、この人はね、何年も前にはここことも似ているけど、比べものにならないほど大きくて立派な見世物小屋に出ていたんだよ、と父親が話してきかせると、子どもたちは、ふだん学校でも実生活でも耳馴れないことだったので、相変わらずよく理解できないながらも――子どもたちにとって断食とは何だったろうか――それでもやはり、まさぐるようにその目を輝かせ、どことなく恵み深い未来の新時代を予感させるのだった。断食芸人は、もしかすると、とつぶやくこともあった、この場所がこんなに動物小屋に近くさえなければ、何もかも、もうちょっとましになるんじゃないかな。サーカスの連中にあっさりここと決められてしまい、居並ぶ動物小屋の発散する臭気や、夜中に騒ぎたてる動物たち、目の前を運ばれていく猛獣に食べさせる生肉、そしてそれを与えるときの遠吠え、こうしたすべてに心がひどく傷つけられ、たえず悩むことになるなんて、これっぽっちも言ってはもらえなかったのだ。それでも彼は、あえて元締《もとじ》めに異議申立てはしなかった。なんといっても彼は、まさに動物たちのおかげでその見物人の群れのおこぼれを頂戴しているのであって、中にはたまに彼のお顧客《とくい》の含まれている可能性もあったし、もし彼が自分の存在を思い出させようものなら、かえって、有り体に言って自分が動物小屋へ行く道の障害物にすぎないのを明らかにするだけで、こんどはどこへ閉じ込められてしまうかわかったものではなかったからだ。

たしかに小さな障害物、それもますます小さくなっていく障害物にすぎないのだった。今日という時代に断食芸人を見世物にする突飛《とっぴ》さにも、人びとは次第に馴れていき、そうして馴れていくにつれ、彼に対する審判が下されることになった。彼はただ、できるかぎりよい断食をしていればよかったので、事実またそうしていたのだが、さりとてもはや彼には如何《いかん》ともし難く、人びとはみな、彼を見すごして通りすぎていったのである。こころみに誰かをつかまえて、この断食という芸を説明してみるがいい！　感じとることのできない人間には、わからせようとしても無理というものだ。美しかった貼り紙の文字は汚れて読めなくなり、引き剝《は》がされてしまったが、誰も貼り替えようとはしなかった。断食何日目と告げている小さな数字板も、最初のうちこそ気を配って毎日更新されていたが、なにしろ初めの一週間で当の裏方自身がこの簡単な仕事にあきてしまい、もうはるか以前から、ずっと同じままだった。そして断食芸人は今、かつて夢みていたとおりに、いつまでも断食を続けて、あのころ予言したように、難なくそれに成功していたのであったが、断食の何日目になっているのか数える者とてなく、誰ひとり、断食芸人自身ですら、すでにどんな記録に達しているのかわからず、彼は心が重くなった。そうしたある日、ひとりの気まぐれ者がふと立ちどまり、その昔日の数字を笑い種《ぐさ》にし、こんなのインチキだ、とののしったことがあって、たしかに、事実と異なるという意味ではこれは、偶然と運命の悪意によってつくりあげられた、この上なく愚かしい虚構にほかならなかったが、なにしろ、インチキをしたのは断食芸人ではなく、彼は誠実に働いていたのに、世間が彼を欺《あざむ》いて、彼の報奨をだまし取っていたのだったから。

だが、それからまた多くの月日がすぎて、それも終わりをむかえた。あるとき、サーカスの親方がこの檻に目をとめて、なぜこんなまだ充分に使える檻が、ここに、それも腐った藁を入れたまま、使われずに放置されているのか、裏方たちに訊ねた。誰も知らなかったが、ようやくひとりが、数字板に気がついたおかげで、断食芸人のことを思い出した。棒で藁をかきまわすと、中から断食芸人があらわれた。「なんだ、相変わらず断食をやっているのか」と親方が訊ねた、「いったい、いつになったら終わることやら」「頼むから、このまま続けさせてくれないか」と断食芸人は蚊の鳴くような声で言った。親方だけは、耳を鉄格子に押しつけていたので、彼の言うことがわかった。「もちろん」と親方は言いながら、指を額《ひたい》にあてて、裏方たちに断食芸人の様子をほのめかした、「このまま続けて構わんよ」「いつだってあんたらを、この断食で感心させてやろう、と思ってきたんだがね」と断食芸人は言った。「そりゃ、感心しているとも」と親方は、相手に逆らわず言った。「もう、感心するのはやめてほしいんだ」と断食芸人は言った。「そうか、それなら感心するのはやめておこう」と親方が言った、「いったいどうして感心してはいけないんだね」「それは、せざるをえなくて断食しているからさ、ほかにどうしようもなくってね」と断食芸人は言った。「へえ、そうなのか」と親方が言った、「いったいどうして、ほかにどうしようもないのかね」「それはだな」と断食芸人は言って、小さな頭をちょっと持ちあげると、接吻《せっぷん》するように唇をとんがらかしてぴったり親方の耳に押しあて、いささかも洩れないようにしてささやいた、「美味《うま》いと思う食べ物が見つからなかったからなんだ。見つかってさえいればな、世間の注目なんぞ浴びることなく、あんたやみんなみたいに、腹いっぱい食べて暮らしていただろうと思うけどね」それが最後の言葉だったが、その光を失っていく瞳に浮かんでいたのは、もはや誇らしげでこそなけれ、まだ断食を続けられるぞ、という強固な確信であった。

「さあ、かたづけろ!」と親方が言い、断食芸人は藁と一緒に葬《ほうむ》られた。檻には一頭の若い豹《ひょう》が入れられた。長いこと荒れはてていた檻の中をこの野獣が跳《は》ねまわっているのを見ると、どんな鈍感な人間にも眼福《がんぷく》と感じられた。豹には欠けているものが何ひとつなかった。飼育係たちがよく考えもせずに運んできた食べ物を、豹は美味そうに食べた。自由さえも、豹は全然恋しがっていないように見えた。必要なものは何でもあふれんばかりにそなえているこの高貴な肉体は、自由までも、つねに身につけているように思われた。自由は、歯列のどこかにでも潜んでいるのだろう。生きる悦《よろこ》びが、観客には容易に耐えきれないほどの強い熱気を、その大きく開けた口から吐きだしていた。だがそれにもめげず観客は、檻のまわりに群がりよって、いっかな去ろうとはしなかった。

解　説

山　下　　肇

「カフカ・ブーム」ということが言われてからでもすでに久しい。この拙訳『変身・断食芸人』の文庫第一刷(旧訳書名は『変身 他一篇』)は一九五八年一月のことで、既刊の高橋義孝、中井正文両氏の訳業(新潮・角川文庫)に続き、今日までにはや半世紀に近い時が流れて、磨滅せんばかりに多くの版を重ね、このたびついに改版の運びとなった。その間、数知れぬほどの各種翻訳も現われ、日本の邦訳紹介の展開にも、おのずから歴史が生まれてきている。

フランツ・カフカ(Franz Kafka, 1883-1924)の存在は、ドイツ文学としては決して主流とは言えない。ゲーテ、シラー、ハイネ、あるいはトーマス・マン、リルケ、ヘッセ等々、日本の読者に馴染み深かった文人たちに比べて、カフカはたしかに異色であり、ドイツ語作家とはいえ、チェコの首都プラハ生まれのユダヤ系で、第二次大戦前の昔、フランスの大作家アンドレ・ジイドに『審判』がいち早く注目紹介され、英米の良質の翻訳にも恵まれて、ドイツ本国より早く世界に広まったくらい、数奇の運命を辿ってきた。私が当文庫旧版の解説に、「プラハ」を「プラーク」と敢えてドイツ語流に表記せねばならなかったのは、当時の日本はまだ「プラークの大学生」などのあの古典的映画タイトル——かえって、今の読者はさっぱり知らないかもしれないが——の名声の余韻が強く残っていた時代だったからである。なにしろ、半世紀近い昔のことだ。今日のように、プラハが観光上からも世界的に親しまれるには、まだまだ遠い距離のある時代で、戦後ようやくプラハを訪れる頻度も重ねられるにいたったものの、同市の街頭の新聞売りの老人が叫ぶ「プラハ！」の語尾の破裂音が親しくわれわれの耳もとに残る時代ではなかったのであった。

第二次大戦前の本邦カフカ初紹介は、ポツンと孤独にひとつだけ本野亨一氏訳の『審判』(白水社刊)が世に送られ(この「審判」という訳名には問題があり、「訴訟」とも考えられる)、戦後になってもしばらくは、カフカを単にオーストリアの作家とのみ紹介して、その域を出ないことが一般であった。

早くからのカフカ先覚者に、花田清輝や中島敦、長谷川四郎などの各氏があり、ドイツ文学畑では、地方の旧制高校のドイツ語教授たち、岡村弘、中井正文氏らが夙《つと》に着目して、なかんずく旧制浦和高校（現埼玉大学）の図書館と自身の書斎を現代ドイツ文学の宝庫たらしめた大先達上村清延《かみむらきよのぶ》教授の蒐集力は本邦に冠たるものがあり、カフカ作品の初版本がすべてここに輝いていた。

第二次大戦後のカフカは、国会図書館の新着洋書閲覧室にアメリカ版カフカ原著（ショッケン出版）が入荷して以来、いち早く「近代文学」派の荒正人氏（英文学）がこれに着目し、身近にいた私にも教えてくださり、私はそのおかげで早速アメリカ版原著の版元を知り、版権の所在を確認し、原著を早急に入手することができた。戦後のカフカ翻訳の第一陣は、高橋義孝氏が雑誌「新潮」（一九五二年六月号）に訳載した『変身』であり、そのテクストは私の入手したショッケン原著をお貸ししたものだった。若き高橋先生の旧制高校ドイツ語教授としての最初の教え子は、私の属する府立高校文乙クラスであった。

したがって拙訳『変身』は、高橋、中井両氏訳に続く第三訳業であり、その特色として敢えて短篇『断食芸人』を加えて一冊としたが、それにはまた必然的な意義もあったのである。この「おまけ」つきの拙訳版は、それだけ広く流布して読まれたのではなかろうか。

マックス・ブロートとともに（1968年）

今年二〇〇四年は、カフカ没後八〇年にあたる。カフカは早く世を去ったので、拙訳が世に出た当時は、まだ生存していると仮定してみても、七十四、五歳だったことになる。カフカが生前に発表した作品は、みずから許した数少ない短篇『変身』や『断食芸人』などに留まり、あとはその死後、親友の作家マックス・ブロートが遺稿を改めて整理して世に送り出したものである。その間にいろいろ「カフカ神話」も生まれ、私も晩年のブロート氏をイスラエルに訪ねて、話を聞いている（拙著『カフカ——現代の証人』朝日出版社、一九七一年、参照）。現在では、ブロートの編集を批判した「新校訂版全集」が出版され、その「小説全集」の邦訳まで出ているのだから、うたた今昔の感にたえない。

さて、第二次大戦後のまだ窮迫した時代に、弁当持ちで国会図書館の新着洋書閲覧室に通い、異例のカフカ読書体験を重ねた思い出も、もはや今では歴史の一コマと呼んでよいだろう。そのとき、その閲覧室におくれておずおずと現われて、私にはひたすら目を伏せたままカフカ原著を手にとろうとした一青年がいた。私のまったく知らない人物だったが、当時すでに私は、ここにカフカの新着書があることを、ひとり私自身の口から誰彼となくオープンに周知させるべく心がけていた。私としては、その異様なほど私を避けようとする不審な態度に強い印象を受けた。後に伝え聞くところでは、旧制一高出身の独文後輩で、やがてカフカ『城』の訳者の一人ともなったが、まもなく自死の道を選んだとのことだった。もう一人、翻訳権の交渉中に横あいから暗中飛躍した人物もいたのだが、さきにはからずも鬼籍に入り、もはや歴史の中に封じこまれてしまった。それもこれもカフカをめぐる若い世代の激しい先陣争いの熾烈《しれつ》な一幕であったにちがいなく、その中でのいたましい悲喜劇のように、被害者である私には響くのである。

第二次大戦中の私は、学生の身で新鋭の作家太宰治に私淑して氏の許に通った時期があり、戦時下にも、氏から直接、クライストや森鷗外のドイツ語短篇名訳類を教えられたのであった。さらに、「学徒出陣」のかたちで半年繰り上げで卒業し、ただちに応召して軍務に服し、まる三年の北海道での軍隊生活を送り、さいはて極北の帯広市中で、陸軍少尉の姿で、病床にあった詩人舟橋精盛氏（故人）の知己となり、氏の書架にあふれる文学書のなかから、ゆくりなくカフカ『審判』の上記訳書を発見し、氏の特段の厚意で同書を譲られたことを忘れることはできない。このことは戦後たまたま上述した旧制浦和高校の教職について、奄美大島のご出身だった上村清延先生老夫妻膝下の書庫に入り浸るような恩恵に浴した私にとって、カフカとともに忘れてならないめぐりあわせの深い縁《えにし》であり、敢えてここに書き留めることをお赦《ゆる》しいただきたい。

また十数年前、次男・萬里《ばんり》の在外研究先のウィーンを訪ね、共にカフカ終焉の地、ウィーン近郊キーアリングの小さなサナトリウム跡を見学したことも、思い出される。ひょっとしたら今では、プラハのカフカゆかりの建築物が土産《みやげ》物店などになっているごとく、ここも立派なカフカ博物館にでも整備されているかもしれないが、その頃はあまり高級でない集合住宅として使われていたようで、一階の住民に鍵を借り、カフカの資料などが並べてある上階の一室に入った。カフカが『断食芸人』の校正刷りに目を通していた部屋そのものではないらしかったが、おりしも雨か雪模様で、窓から庭やあたりを眺めていると、その直前に、ドイツ・ユダヤ文化の核とも言える存在モーゼス・メンデルスゾーンの墓をベルリンに詣でた後だっただけに、その「異邦人」的な侘《わび》しさにはひとしお感慨深いものがあった。

カフカについては、ドイツでは「カフカ産業」なる言葉が生まれているほどで、今や我が国においてもおびただしいほどの書物が出版され、岩波文庫にも、他に数点の翻訳が収められている。フランスのアルベール・カミュ、モーリス・ブランショ、アラン・ロブ＝グリエをはじめ、まさしく「カフカ的」とも言える変転の生涯をおくったチェコのE・ゴールトシュテュッカー教授（先年来日されて、再会を喜び合ったが、その後亡くなられた）、同じくチェコのミラン・クンデラなど、カフカの文名を高める役割を果たした数々の業績があり、よもやここに新たに書き足すことがあるとも思えない。カフカの生涯や時代背景、作品の意味などについては、それらや、各種文学辞典、百科事典などを参照していただきたい。私としては、老眼の視力にも限界があり、この際、日本における知られざるカフカ受容史の一端を記すにとどめた。

二〇〇四年八月

あとがき――改訂・改訳にあたって

山下萬里

本訳書は、父・肇の「解説」にもあるとおり、当文庫旧版の『変身 他一篇』を改版するにあたり、改訂・改訳したものである。これまで未読の方にはもちろん、旧版を読まれた方々にも、ぜひまた手にとっていただきたいものと願っている。父に協力し、パソコンを使用しない父にかわってワープロ訳稿を作成した者として、実際的なことを述べてみたい。

今回父ともいろいろ相談してまず決めたのは、幸いあまり長くない作品なので、旧版の訳文をすべてパソコンに打ち込み、その上であとから変えるべき訳語は換えていく、という手順をとることであった。たとえば「巴丹杏」Mandelというような訳語であるが、これは最近の辞書にしたがって「アーモンド」に換えなければ、もはや若い人ならずとも、ほとんど通じまい。そうした、とくに若い世代にわかりにくい語をチェックするのが中心の作業と、当初は考えていた。

しかし結果として以上に留まらなかったわけで、読者のご批判を仰ぐしかないし、詳細を改めてくどくどしく書くまでもないことであるが、ここでは、三つの訳語に触れておきたい。主人公グレゴール・ザムザの職種「セールスマン」Reisenderと、無断欠勤したグレゴールの様子を見にやってくる上役の「支配人」Prokurist、そしてグレゴールの一人称「おれ」ichという訳語である。前二語はすでにほとんど死語であろうし、「おれ」という一人称も、都会で両親と同居している二十代の独身男性が、どれほど用いるであろうか。

『変身』が執筆されたのは、一九一二年(カフカ二十九歳の時)とされている。作中にも郊外電車や電気の街灯は登場するが、主人公の住まいの室内はガス灯である。日本で言えば、明治が大正に変わった年で、まだ「奉公人」とか「小僧さん」といった用語の似つかわしい時代であったろう。しかし、セールスマンという職部門が会社内に存在したのは、せいぜい昭和四、五十年代ぐらいまでではなかったろうか。父ともよく相談し、思いきって「セールスマン」は「営業マン」にすることに決めた。

「支配人」というのも、今となってはよくわからぬ呼称で、日本の会社には今日では見られそうもない。調べると、Prokuristとは企業の支配権Prokuraを与えられた者のことらしい。今では実際には、なんらかの部門の長であることが多いという。作中では「社長」は別に存在していて、「支配人」の方が下の地位のようだ。数多い既訳書もできるかぎり集めてみたが、大方が「セールスマン」と「支配人」だった（ひとつだけ「専務」というのがあって、なるほどと思った）。在日ドイツ商工会議所では、わが国の役職名「部長」を独訳するさいには、この Prokurist を勧めている、とのことで、結局「部長」を使うことに決めた。この場合、営業部長ということになるだろうか。会社は、大きな商店といった感じのものだろうが、「商事会社」にさせてもらった。主人公の一人称はなるべく訳出しないように工夫し、やむをえないときには「ぼく」を用いることにした。

また、有名な書き出しの一行にある「夢」だが、原文の「夢」は Träume であって、つまり単数の Traum ではなく複数形なのである。すでに指摘もされていることだが、グレゴールが見ていた夢は、ひとつではなかったのである。だが、複数形を日本語で表わすのはむずかしい。父と話し合い、考え合ったすえに、「グレゴール・ザムザはある朝、なにやら胸騒ぐ夢がつづいて目覚めると、ベッドの中の自分が一匹のばかでかい毒虫に変わっていることに気がついた」というふうにしてみた。

父の訳文は強いものだった、とつくづく感じている。今回の作業の結果、力が足らず、それが薄れてしまっているかもしれない。もし読みにくい訳文が多いとすれば、それは、原文の一センテンスはひとつの文章にする(ただし、多用されるセミコロンも句点に)、という原則にしたせいもあるかもしれない。短文がつづく箇所もあれば、十行を軽く越える長い文章の箇所もある。ひとつの段落全体が一センテンスであることもある。勢いがついてくると、長い文になるようだ。それがカフカのリズムであり、呼吸なのだろう。『変身』も『断食芸人』も、カフカの生前に活字になっていた作品である。それらをできるかぎり忠実に日本語化していくことを願ったのである。改行は、何頁にもわたってなされないときもあるのだが、あくまでも原文通りとし、会話文の所で改行するやり方もとりいれなかった。最近の翻訳ではやっているらしい、疑問文の末尾に「?」を入れることもしなかった。

また細かいことだが、グレゴールの部屋の壁に飾られている毛皮ずくめの貴婦人の「絵」を、「写真」としている訳が多い。原語は Bild であり、どちらとも解釈できる。これは illustrierte Zeitschrift から切りぬいたものなので、それを「グラフ雑誌」と訳すと「写真」になろうが、「絵入り雑誌」とすれば「絵」である。しかし、居間の壁にはグレゴールの少尉時代の「写真」が掛けられており、これは Photographie が使われている。

結局「絵」のままにしたのだが、『変身』の語り手は主人公のことを、先に引用した冒頭以外では、単に「グレゴール」と呼んでいる。だが一カ所だけ「ザムザ」と呼んでいるところがある。それがこの毛皮ずくめの貴婦人のくだりで、長いセンテンスの中に割りこませて、語り手が「ザムザ」を使っているのである。つとに指摘されているように、この貴婦人は、ガリツィアの作家ザッハー＝マゾッホの『毛皮を着たヴィーナス』（一八七〇年）を強く連想させる。知られているごとく、そこでの主人公が貴婦人から与えられる別名もまた、「グレゴール」なのである。「ザムザ」という名は、「ザッハー＝マゾッホ」という名を「カフカ」式に並び替えたものであることを、ここで語り手は読者に明示したのではないだろうか。『毛皮を着たヴィーナス』であるからには、これは「写真」ではなく、「絵」にほかならないことになる。

その「グレゴール」という名前にしても、最近の翻訳類では「グレーゴル」と表記される方が一般的である。しかしやはり「グレゴール」の方がいつまでも耳に残るので、あえて今回改めることはしなかった。

訳稿作成には、住まい関係の用語を中心に、建築を専門とする兄（山下泉、多摩美術大学教授）の協力も得た。もちろん訳文は、父とのあいだを何往復もし、話し合いも重ねたが、その責任はすべてワープロ訳稿作成者の側にある。今後も長く、本訳書が読みつがれることを願うばかりである。最後に私事にわたることをお見逃しいただけるならば、私の萬里《ばんり》という名は、カフカの『萬里の長城』に由来すると聞かされてきた。つまり、父が同書を読んでいるときに生まれたからであるらしい。この名前にはけっこう苦労させられてきたし、カフカを卒論に選ぶどころか、むしろカフカを遠ざけて過ごしてきたけれども、今、いくばくかの感慨を禁じえない。

思わぬ時間がかかってしまったが、辛抱強く待っていただいた編集担当者の市こうたさんに御礼とおわびを申しあげたい。

二〇〇四年八月

変身《へんしん》・断食芸人《だんじきげいにん》　カフカ作

1958年1月7日　第1刷発行
2004年9月16日　改版第1刷発行
2007年9月5日　第5刷発行

訳　者　山下《やました》 肇《はじめ》　山下《やました》萬里《ばんり》

発行者　山口昭男

発行所　株式会社 岩波書店
〒101-8002 東京都千代田区一ツ橋 2-5-5

案内 03-5210-4000　販売部 03-5210-4111
文庫編集部 03-5210-4051
http://www.iwanami.co.jp/

印刷・法令印刷　カバー・精興社　製本・桂川製本

ISBN 4-00-324381-1　　Printed in Japan

読書子に寄す

――岩波文庫発刊に際して――

岩波茂雄

真理は万人によって求められることを自ら欲し、芸術は万人によって愛されることを自ら望む。かつては民を愚昧ならしめるために学芸が最も狭き堂宇に閉鎖されたことがあった。今や知識と美とを特権階級の独占より奪い返すことはつねに進取的なる民衆の切実なる要求である。岩波文庫はこの要求に応じそれに励まされて生まれた。それは生命ある不朽の書を少数者の書斎と研究室とより解放して街頭にくまなく立たしめ民衆に伍せしめるであろう。近時大量生産予約出版の流行を見る。その広告宣伝の狂態はしばらくおくも、後代にのこすと誇称する全集がその編集に万全の用意をなしたるか。千古の典籍の翻訳企図に敬虔の態度を欠かざりしか。さらに分売を許さず読者を繋縛して数十冊を強うるがごとき、はたしてその揚言する学芸解放のゆえんなりや。吾人は天下の名士の声に和してこれを推挙するに躊躇するものである。このときにあたって、岩波書店は自己の責務のいよいよ重大なるを思い、従来の方針の徹底を期するため、すでに十数年以前より志して来た計画を慎重審議この際断然実行することにした。吾人は範をかのレクラム文庫にとり、古今東西にわたって文芸・哲学・社会科学・自然科学等種類のいかんを問わず、いやしくも万人の必読すべき真に古典的価値ある書をきわめて簡易なる形式において逐次刊行し、あらゆる人間に須要なる生活向上の資料、生活批判の原理を提供せんと欲する。この文庫は予約出版の方法を排したるがゆえに、読者は自己の欲する時に自己の欲する書物を各個に自由に選択することができる。携帯に便にして価格の低きを最主とするがゆえに、外観を顧みざるも内容に至っては厳選最も力を尽くし、従来の岩波出版物の特色をますます発揮せしめようとする。この計画たるや世間の一時の投機的なるものと異なり、永遠の事業として吾人は微力を傾倒し、あらゆる犠牲を忍んで今後永久に継続発展せしめ、もって文庫の使命を遺憾なく果たさしめることを期する。芸術を愛し知識を求むる士の自ら進んでこの挙に参加し、希望と忠言とを寄せられることは吾人の熱望するところである。その性質上経済的には最も困難多きこの事業にあえて当たらんとする吾人の志を諒として、その達成のため世の読書子とのうるわしき共同を期待する。

昭和二年七月

《ドイツ文学》

ニーベルンゲンの歌 全二冊　相良守峯訳
賢人ナータン　レッシング　篠田英雄訳
ミンナ・フォン・バルンヘルム　レッシング　小宮曠三訳
若きウェルテルの悩み　ゲーテ　竹山道雄訳
ヴィルヘルム・マイスターの修業時代 全三冊　ゲーテ作　山崎章甫訳
ヴィルヘルム・マイスターの遍歴時代 全三冊　ゲーテ　山崎章甫訳
イタリア紀行 全三冊　ゲーテ　相良守峯訳
ファウスト 全二冊　ゲーテ　相良守峯訳
ゲーテとの対話 全三冊　エッカーマン　山下肇訳
美と芸術の理論 ―カリアス書簡　シラー　草薙正夫訳
スペインの太子 ドン・カルロス　シルレル　佐藤通次訳
ヴァレンシュタイン　シラー　濱川祥枝訳
ヘルダーリン詩集　川村二郎訳
青い花　ノヴァーリス　青山隆夫訳
完訳 グリム童話集 全五冊　金田鬼一訳
水妖記（ウンディーネ）　フーケー　柴田治三郎訳

O侯爵夫人 他六篇　クライスト　相良守峯訳
影をなくした男　シャミッソー　池内紀訳
ドイツ古典哲学の本質　ハイネ　伊東勉訳
ロマンツェーロー 全二冊　ハイネ　井汲越次訳
森の小道・二人の姉妹　シュティフター　山崎章甫訳
男やもめ 他一篇　シュティフター　加藤一郎訳
ザッフォオ　グリルパルツェル　実吉捷郎訳
みずうみ 他四篇　シュトルム　関泰祐訳
地霊・パンドラの箱 ―ルル二部作　F・ヴェデキント　岩淵達治訳
トオマス・マン短篇集　実吉捷郎訳
魔の山 全二冊　トーマス・マン　関泰祐・望月市恵訳
トニオ・クレエゲル　トオマス・マン　実吉捷郎訳
ヴェニスに死す　トオマス・マン　実吉捷郎訳
講演集 ドイツとドイツ人 他五篇　トーマス・マン　青木順三訳
ゲーテとトルストイ　トーマス・マン　山崎章甫・高橋重臣訳
車輪の下　ヘルマン・ヘッセ　実吉捷郎訳
デミアン　ヘルマン・ヘッセ　実吉捷郎訳

マリー・アントワネット 全二冊　シュテファン・ツワイク　高橋禎二・秋山英夫訳
変身・断食芸人　カフカ　山下肇・山下萬里訳
審判　カフカ　辻瑆訳
カフカ短篇集　池内紀編訳
カフカ寓話集　池内紀編訳
三文オペラ　ブレヒト　岩淵達治訳
肝っ玉おっ母とその子どもたち　ブレヒト　岩淵達治訳
短篇集 死神とのインタヴュー　ノサック　神品芳夫訳
雀横丁年代記　ラーベ　伊藤武雄訳
ドイツ名詩選　生野幸吉・檜山哲彦編
蝶の生活　シュナック　岡田朝雄訳
果てしなき逃走　ヨーゼフ・ロート　平田達治訳
暴力批判論 他十篇 ―ベンヤミンの仕事1　ベンヤミン　野村修編訳
ボードレール 他五篇 ―ベンヤミンの仕事2　ベンヤミン　野村修編訳
メルヒェン集 盗賊の森の一夜　ハウフ　池田香代子訳
罪なき罪 全二冊 ―エフィ・ブリースト　フォンターネ　加藤一郎訳
迷路　フォンターネ　伊藤武雄訳

- ヴォイツェク・ダントンの死・レンツ　ビューヒナー　岩淵達治訳

《フランス文学》

- 日月両世界旅行記　シラノ・ド・ベルジュラック　赤木昭三訳
- 嘘つき男・舞台は夢　コルネイユ　岩瀬孝・井村順一訳
- ラ・ロシュフコー箴言集　二宮フサ訳
- フェードル・アンドロマック　ラシーヌ　渡辺守章訳
- タルチュフ　モリエール　鈴木力衛訳
- ドン・ジュアン　—石像の宴　モリエール　鈴木力衛訳
- 孤客（ミザントロオプ）　モリエール　辰野隆訳
- いやいやながら医者にされ　モリエール　鈴木力衛訳
- 守銭奴　モリエール　鈴木力衛訳
- 完訳 ペロー童話集　新倉朗子訳
- クレーヴの奥方 他二篇　ラファイエット夫人　生島遼一訳
- カンディード 他五篇　ヴォルテール　植田祐次訳
- 哲学書簡　ヴォルテール　林達夫訳
- マノン・レスコー　アベ・プレヴォ　河盛好蔵訳
- ジル・ブラース物語 全四冊　ル・サージュ　杉捷夫訳
- 危険な関係 全二冊　ラクロ　伊吹武彦訳
- 美味礼讃 全二冊　ブリア-サヴァラン　関根秀雄・戸部松実訳
- アドルフ　コンスタン　大塚幸男訳
- 赤と黒 全二冊　スタンダール　桑原武夫・生島遼一訳
- パルムの僧院 全二冊　スタンダール　生島遼一訳
- 谷間のゆり　バルザック　宮崎嶺雄訳
- ゴリオ爺さん 全二冊　バルザック　高山鉄男訳
- レ・ミゼラブル 全四冊　ユーゴー　豊島与志雄訳
- 死刑囚最後の日　ユーゴー　豊島与志雄訳
- モンテ・クリスト伯 全七冊　アレクサンドル・デュマ　山内義雄訳
- 三銃士 全二冊　デュマ　生島遼一訳
- カルメン　メリメ　杉捷夫訳
- メリメ怪奇小説選　杉捷夫編訳
- 愛の妖精（プチット・ファデット）　ジョルジュ・サンド　宮崎嶺雄訳
- フランス田園伝説集　ジョルジュ・サンド　篠田知和基訳
- 笛師のむれ 全二冊　ジョルジュ・サンド　宮崎嶺雄訳
- 戯れに恋はすまじ　ミュッセ　進藤誠一訳
- ボオドレール 悪の華　鈴木信太郎訳
- ボヴァリー夫人 全二冊　フローベール　伊吹武彦訳
- 椿姫　デュマ・フィス　吉村正一郎訳
- リイルアダン短篇集 全二冊　辰野隆選
- 陽気なタルタラン　—タルタラン・ド・タラスコン　ドーデー　小川泰一訳
- シルヴェストル・ボナールの罪　アナトール・フランス　伊吹武彦訳
- テレーズ・ラカン 全二冊　エミール・ゾラ　小林正訳
- ジェルミナール 全三冊　エミール・ゾラ　安士正夫訳
- 大地 全三冊　エミール・ゾラ　田辺貞之助・河内清訳
- 制作 全二冊　エミール・ゾラ　清水正和訳
- 氷島の漁夫　ピエール・ロチ　吉氷清訳
- マラルメ詩集　鈴木信太郎訳
- ノア・ノア　ポール・ゴーガン　前川堅市訳
- 脂肪のかたまり　モーパッサン　高山鉄男訳
- モーパッサン短篇選　高山鉄男編訳
- 地獄の季節　ランボオ　小林秀雄訳
- にんじん　ルナアル　岸田国士訳

モントリオル 全二冊　モーパッサン 杉捷夫訳
ジャン・クリストフ 全四冊　ロマン・ローラン 豊島与志雄訳
トルストイの生涯　ロマン・ロラン 蛯原徳夫訳
ベートーヴェンの生涯　ロマン・ロラン 片山敏彦訳
狭き門　アンドレ・ジイド 川口篤訳
法王庁の抜け穴　アンドレ・ジイド 石川淳訳
レオナルド・ダ・ヴィンチの方法　ポール・ヴァレリー 山田九朗訳
ムッシュー・テスト　ポール・ヴァレリー 清水徹訳
シラノ・ド・ベルジュラック　ロスタン 辰野隆・鈴木信太郎訳
海の沈黙・星への歩み　ヴェルコール 河野与一・加藤周一訳
恐るべき子供たち　コクトー 鈴木力衛訳
地底旅行　ジュール・ヴェルヌ 朝比奈弘治訳
八十日間世界一周　ジュール・ヴェルヌ 鈴木啓二訳
プロヴァンスの少女（ミレイユ）　ミストラル 杉冨士雄訳
結婚十五の歓び　新倉俊一訳
歌物語 オーカッサンとニコレット　川本茂雄訳
キャピテン・フラカス 全三冊　ゴーティエ 田辺貞之助訳

モーパン嬢 全二冊　ゴーティエ 井村実名子訳
家なき娘（アン ファミーユ） 全二冊　エクトル・マロ 津田穣訳
オランダ・ベルギー絵画紀行―昔日の巨匠たち 全二冊　フロマンタン 高橋裕子訳
牝猫　コレット 工藤庸子訳
シェリ　コレット 工藤庸子訳
フランス短篇傑作選　山田稔編訳
シュルレアリスム宣言・溶ける魚　アンドレ・ブルトン 巌谷國士訳
ナジャ　アンドレ・ブルトン 巌谷國士訳
嘘 全二冊　ブールジェ 内藤濯訳
フランス名詩選　安藤元雄・入沢康夫・渋沢孝輔編
グラン・モーヌ　アラン＝フルニエ 天沢退二郎訳
狐物語　鈴木覺・福本直之・原野昇訳
繻子の靴 全二冊　ポール・クローデル 渡辺守章訳
幼なごころ　ヴァレリー・ラルボー 岩崎力訳
心変わり　ミシェル・ビュトール 清水徹訳

《別冊》

増補 フランス文学案内　渡辺一夫 鈴木力衛

新版 ロシア文学案内　藤沼貴・小野理子・安岡治子
増補 ドイツ文学案内　手塚富雄 神品芳夫
ギリシア・ローマ古典文学案内　高津春繁 斎藤忍随
ことばの花束―岩波文庫の名句365　岩波文庫編集部編
ことばの贈物―岩波文庫の名句365　岩波文庫編集部編
ことばの饗宴―読者が選んだ岩波文庫の名句365　岩波文庫編集部編
愛のことば―岩波文庫から　岩波文庫編集部編
原文対照 古典のことば―岩波文庫から　岩波文庫編集部編
岩波文庫解説総目録 1927〜1996 全三冊　岩波文庫編集部編
読書のすすめ　岩波文庫編集部編
世界文学のすすめ　大岡・奥本・川村・小池・沼野編
近代日本文学のすすめ　大岡・加賀・菅野・曾根・十川編
近代日本思想案内　鹿野政直
読書のたのしみ　岩波文庫編集部編

《東洋文学》

- 王維詩集　小川環樹・都留春雄・入谷仙介 選訳
- 杜詩 全八冊　鈴木虎雄・黒川洋一 訳註
- 杜甫詩選　黒川洋一 編
- 李白詩選　松浦友久 編訳
- 蘇東坡詩選　小川環樹・山本和義 選訳
- 陶淵明全集 全二冊　松枝茂夫・和田武司 訳注
- 唐詩選 全三冊　前野直彬 注解
- 完訳 三国志 全八冊　小川環樹・金田純一郎 訳
- 金瓶梅 全十冊　小野忍・千田九一 訳
- 完訳 水滸伝 全十冊　吉川幸次郎・清水茂 訳
- 紅楼夢 全十二冊　曹雪芹・高蘭墅補　松枝茂夫 訳
- 西遊記 全十冊　中野美代子 訳
- 杜牧詩選　松浦友久・植木久行 編訳
- 菜根譚　洪自誠　今井宇三郎 訳注
- 野草　魯迅　竹内好 訳
- 阿Q正伝・狂人日記 他十二篇　魯迅　竹内好 訳
- 朝花夕拾　魯迅　松枝茂夫 訳
- 中国名詩選 全三冊　松枝茂夫 編
- 通俗古今奇観 —付月下清談　淡済主人 訳　青木正児 校註
- 結婚狂詩曲（囲城） 全二冊　銭鍾書　荒井健・中島長文・中島みどり 訳
- 唐宋伝奇集 全二冊　今村与志雄 訳
- 聊斎志異 全二冊　蒲松齢　立間祥介 編訳
- シャクンタラー姫　カーリダーサ　辻直四郎 訳
- 公女マーラヴィカーとアグニミトラ王 他一篇　カーリダーサ　大地原豊 訳
- バガヴァッド・ギーター　上村勝彦 訳
- 朝鮮童謡選　金素雲 訳編
- 朝鮮詩集　金素雲 訳編
- アイヌ神謡集　知里幸惠 編訳
- サキャ格言集　今枝由郎 訳

《ギリシア・ラテン文学》

- ホメロス イリアス 全二冊　松平千秋 訳
- ホメロス オデュッセイア 全二冊　松平千秋 訳
- イソップ寓話集　イソップ　中務哲郎 訳
- アイスキュロス アガメムノーン　久保正彰 訳
- アンティゴネー　ソポクレース　呉茂一 訳
- ソポクレス オイディプス王　藤沢令夫 訳
- ヒッポリュトス —パイドラーの恋　エウリーピデース　松平千秋 訳
- タウリケーのイーピゲネイア　エウリーピデース　久保田忠利 訳
- ヘシオドス 神統記　廣川洋一 訳
- アポロドーロス ギリシア神話　高津春繁 訳
- ダフニスとクロエー　ロンゴス　松平千秋 訳
- オウィディウス 変身物語 全二冊　中村善也 訳
- サテュリコン 古代ローマの諷刺小説　ペトロニウス　国原吉之助 訳
- ギリシア・ローマ名言集　柳沼重剛 編
- ギリシア恋愛小曲集　中務哲郎 訳
- ギリシア・ローマ神話 —付 インド・北欧神話　ブルフィンチ　野上弥生子 訳

《南北ヨーロッパ他文学》

- ダンテ 神曲 全三冊　山川丙三郎 訳
- デカメロン —十日物語 全六冊　ボッカチオ　野上素一 訳
- パロマー　カルヴィーノ　和田忠彦 訳

愛神の戯れ —牧歌劇『アミンタ』 トルクァート・タッソ 鷲平京子訳
無関心な人びと 全二冊 モラーヴィア 河島英昭訳
故郷 パヴェーゼ 河島英昭訳
美しい夏 パヴェーゼ 河島英昭訳
シチリアでの会話 ヴィットリーニ 鷲平京子訳
ラサリーリョ・デ・トルメスの生涯 会田由訳
ドン・キホーテ 全六冊 セルバンテス 牛島信明訳
人の世は夢・サラメアの村長 カルデロン 高橋正武訳
緑の瞳・月影 他十二篇 ベッケル 高橋正武訳
エル・シードの歌 長南実訳
プラテーロとわたし J・R・ヒメーネス 長南実訳
完訳 アンデルセン童話集 全七冊 大畑末吉訳
即興詩人 全二冊 アンデルセン 大畑末吉訳
絵のない絵本 アンデルセン 大畑末吉訳
アンデルセン自伝 大畑末吉訳
イプセン 人形の家 原千代海訳
民衆の敵 イプセン 竹山道雄訳

イプセン 野鴨 原千代海訳
イプセン 幽霊 原千代海訳
イプセン ヘッダ・ガーブレル 原千代海訳
ポルトガリヤの皇帝さん ラーゲルレーヴ イシガオサム訳
巫女 ラーゲルクヴィスト 山下泰文訳
クォ・ワディス 全三冊 シェンキエーヴィチ 木村彰一訳
山椒魚戦争 カレル・チャペック 栗栖継訳
ロボット (R・U・R) チャペック 千野栄一訳
オルトウタイ ハンガリー民話集 徳永康元・石本礼子・岩崎悦子・粂栄美子編訳
尼僧ヨアンナ イヴァシュキェヴィッチ 関口時正訳
灰とダイヤモンド 全二冊 アンジェイェフスキ 川上洸訳
完訳 千一夜物語 全十三冊 豊島与志雄・渡辺一夫・佐藤正彰・岡部正孝訳
ルバイヤート オマル・ハイヤーム 小川亮作訳
ゴレスターン サァディー 沢英三訳
アブー・ヌワース アラブ飲酒詩選 塙治夫編訳
王書 —古代ペルシャの神話・伝説 フェルドウスィー作 岡田恵美子訳
伝奇集 J・L・ボルヘス 鼓直訳

アフリカ農場物語 全二冊 オリーヴ・シュライナー 大井真理子・都築忠七訳

《ロシア文学》

パナーエフ 文学的回想 井上満訳
オネーギン プーシキン 池田健太郎訳
スペードの女王・ベールキン物語 プーシキン 神西清訳
大尉の娘 プーシキン 神西清訳
狂人日記 他二篇 ゴーゴリ 横田瑞穂訳
外套・鼻 ゴーゴリ 平井肇訳
死せる魂 全三冊 ゴーゴリ 平井肇・横田瑞穂訳
ディカーニカ近郷夜話 全二冊 ゴーゴリ 平井肇訳
現代の英雄 レールモントフ 中村融訳
処女地 ツルゲーネフ 湯浅芳子訳
ロシヤは誰に住みよいか ネクラーソフ 谷耕平訳
デカブリストの妻 ネクラーソフ 谷耕平訳
二重人格 ドストエフスキー 小沼文彦訳
罪と罰 全三冊 ドストエフスキー 江川卓訳
白痴 全二冊 ドストエーフスキイ 米川正夫訳

悪霊 全二冊	ドストエーフスキイ	米川正夫訳
未成年 全三冊	ドストエーフスキイ	米川正夫訳
カラマーゾフの兄弟 全四冊	ドストエーフスキイ	米川正夫訳
永遠の夫	ドストエーフスキイ	神西清訳
アンナ・カレーニナ 全三冊	トルストイ	中村融訳
少年時代	トルストイ	藤沼貴訳
戦争と平和 全六冊	トルストイ	藤沼貴訳
民話集 人はなんで生きるか 他四篇	トルストイ	中村白葉訳
民話集 イワンのばか 他八篇	トルストイ	中村白葉訳
イワン・イリッチの死	トルストイ	米川正夫訳
復活 全二冊	トルストイ	中村白葉訳
紅い花 他四篇	ガルシン	神西清訳
ワーニャおじさん	チェーホフ	小野理子訳
可愛い女・犬を連れた奥さん 他一篇	チェーホフ	神西清訳
桜の園	チェーホフ	小野理子訳
ゴーリキー短篇集	上田進 横田瑞穂	訳編
どん底	ゴーリキイ	中村白葉訳

追憶 全二冊	ゴーリキイ	湯浅芳子訳
静かなドン 全八冊	ショーロホフ	横田瑞穂訳
ゴロヴリヨフ家の人々 全二冊	シチェードリン	湯浅芳子訳
何をなすべきか 全二冊	チェルヌイシェーフスキイ	金子幸彦訳
ロシア文学の理想と現実 全二冊	P・クロポトキン	高杉一郎訳
アファナーシエフ ロシア民話集 全二冊		中村喜和編訳
シベリア民話集		斎藤君子編訳
われら	ザミャーチン	川端香男里訳
悪魔物語・運命の卵	ブルガーコフ ミハイル	水野忠夫訳

《音楽・美術》

- 音楽と音楽家　シューマン　吉田秀和訳
- モーツァルトの手紙 —その生涯のロマン 全二冊　柴田治三郎編訳
- 美術の都　澤木四方吉
- レオナルド・ダ・ヴィンチの手記 全二冊　杉浦明平訳
- ゴッホの手紙 全三冊　硲伊之助訳
- ロダンの言葉抄　高村光太郎訳　高田博厚・菊池一雄編
- ビゴー日本素描集 全二冊　清水勲編
- ワーグマン日本素描集　清水勲編
- 河鍋暁斎戯画集　山口静一・及川茂編
- 岡本一平漫画漫文集　清水勲編
- うるしの話　松田権六
- ドーミエ諷刺画の世界　喜安朗編
- 河鍋暁斎　ジョサイア・コンドル　山口静一訳

《哲学・教育・宗教》

- ソクラテスの弁明・クリトン　プラトン　久保勉訳
- ゴルギアス　プラトン　加来彰俊訳
- 饗宴　プラトン　久保勉訳
- テアイテトス　プラトン　田中美知太郎訳
- パイドロス　プラトン　藤沢令夫訳
- メノン　プラトン　藤沢令夫訳
- 国家 全二冊　プラトン　藤沢令夫訳
- プロタゴラス —ソフィストたち　プラトン　藤沢令夫訳
- パイドン —魂の不死について　プラトン　岩田靖夫訳
- クセノフォーン ソークラテースの思い出　佐々木理訳
- アリストテレス ニコマコス倫理学 全二冊　高田三郎訳
- アリストテレス 形而上学 全二冊　出隆訳
- アリストテレス アテナイ人の国制　村川堅太郎訳
- アリストテレス 弁論術　戸塚七郎訳
- アリストテレース 詩学・ホラーティウス 詩論　松本仁助・岡道男訳
- 物の本質について　ルクレーティウス　樋口勝彦訳
- 人生の短さについて 他二篇　セネカ　茂手木元蔵訳
- 人さまざま　テオプラストス　森進一訳
- 老年について　キケロー　中務哲郎訳
- 友情について　キケロー　中務哲郎訳
- 弁論家について 全二冊　キケロー　大西英文訳
- キケロー弁論集　小川正廣・谷栄一郎・山沢孝至訳
- 方法序説　デカルト　谷川多佳子訳
- 哲学原理　デカルト　桂寿一訳
- 精神指導の規則　デカルト　野田又夫訳
- スピノザ 知性改善論　畠中尚志訳
- スピノザ エチカ (倫理学) 全二冊　畠中尚志訳
- スピノザ往復書簡集　畠中尚志訳
- デカルトの哲学原理 —附 形而上学的思想　スピノザ　畠中尚志訳
- スピノザ 神・人間及び人間の幸福に関する短論文　畠中尚志訳
- 単子論　ライプニッツ　河野与一訳
- ノヴム・オルガヌム (新機関)　ベーコン　桂寿一訳
- ベーコン随想集　渡辺義雄訳
- ニュー・アトランティス　ベーコン　川西進訳
- デイヴィド・ヒューム 人性論 全四冊　大槻春彦訳
- エミール 全三冊　ルソー　今野一雄訳

- 孤独な散歩者の夢想 — ルソー 今野一雄訳
- 人間不平等起原論 — ルソー 本田喜代治・平岡昇訳
- 社会契約論 — ルソー 桑原武夫・前川貞次郎訳
- ディドロ、ダランベール編 百科全書 —序論および代表項目 — 桑原武夫訳編
- ラモーの甥 — ディドロ 本田喜代治・平岡昇訳
- ディドロ 絵画について — 佐々木健一訳
- 道徳形而上学原論 — カント 篠田英雄訳
- 啓蒙とは何か 他四篇 — カント 篠田英雄訳
- 純粋理性批判 全三冊 — カント 篠田英雄訳
- カント 実践理性批判 — 波多野精一・宮本和吉・篠田英雄訳
- 判断力批判 全二冊 — カント 篠田英雄訳
- 永遠平和のために — カント 宇都宮芳明訳
- プロレゴメナ — カント 篠田英雄訳
- フィヒテ 全知識学の基礎 全二冊 — 木村素衛訳
- シュライエルマッハー 独白 — 木場深定訳
- 小論理学 全二冊 — ヘーゲル 松村一人訳
- 精神哲学 全二冊 — ヘーゲル 船山信一訳

- ヘーゲル 政治論文集 全二冊 — 金子武蔵訳
- 歴史哲学講義 全二冊 — ヘーゲル 長谷川宏訳
- 自殺について 他四篇 — ショウペンハウエル 斎藤信治訳
- 読書について 他二篇 — ショウペンハウエル 斎藤忍随訳
- 知性について 他四篇 — ショーペンハウエル 細谷貞雄訳
- 将来の哲学の根本命題 他二篇 — フォイエルバッハ 松村一人・和田楽訳
- 反復 — キルケゴール 桝田啓三郎訳
- 死に至る病 — キェルケゴール 斎藤信治訳
- 西洋哲学史 全二冊 — シュヴェーグラー 谷川徹三・松村一人訳
- 眠られぬ夜のために 全二冊 — ヒルティ 草間平作・大和邦太郎訳
- 幸福論 全三冊 — ヒルティ 草間平作・大和邦太郎訳
- 悲劇の誕生 — ニーチェ 秋山英夫訳
- ツァラトゥストラはこう言った 全二冊 — ニーチェ 氷上英廣訳
- 道徳の系譜 — ニーチェ 木場深定訳
- 善悪の彼岸 — ニーチェ 木場深定訳
- この人を見よ — ニーチェ 手塚富雄訳
- 純粋経験の哲学 — W・ジェイムズ 伊藤邦武編訳

- デカルト的省察 — フッサール 浜渦辰二訳
- 創造的進化 — ベルクソン 真方敬道訳
- 笑い — ベルクソン 林達夫訳
- 思想と動くもの — ベルクソン 河野与一訳
- 時間と自由 — ベルクソン 中村文郎訳
- 人間認識起源論 全二冊 — コンディヤック 古茂田宏訳
- ラッセル 幸福論 — 安藤貞雄訳
- 存在と時間 全三冊 — ハイデガー 桑木務訳
- 学校と社会 — デューイ 宮原誠一訳
- 民主主義と教育 全二冊 — デューイ 松野安男訳
- 我と汝・対話 — マルティン・ブーバー 植田重雄訳
- アラン 幸福論 — 神谷幹夫訳
- 四季をめぐる51のプロポ — アラン 神谷幹夫編訳
- アラン 定義集 — 神谷幹夫訳
- 文法の原理 全三冊 — イェスペルセン 安藤貞雄訳
- 天才の心理学 — E・クレッチュマー 内村祐之訳
- 日本の弓術 — オイゲン・ヘリゲル述 柴田治三郎訳

似て非なる友について　他三篇　プルタルコス　柳沼重剛訳
エジプト神イシスとオシリスの伝説について　プルタルコス　柳沼重剛訳
夢の世界　ハヴロック・エリス　藤島昌平訳
ヴィーコ学問の方法　上村忠男　佐々木力訳
ソクラテス以前以後　F・M・コーンフォード　山田道夫訳
ハリネズミと狐　―『戦争と平和』の歴史哲学　バーリン　河合秀和訳
言語　―ことばの研究序説　エドワード・サピア　安藤貞雄訳
論理哲学論考　ウィトゲンシュタイン　野矢茂樹訳
自由と社会的抑圧　シモーヌ・ヴェイユ　冨原眞弓訳
全体性と無限　全二巻　レヴィナス　熊野純彦訳
フランス革命期の公教育論　コンドルセ他　阪上孝編訳
隠者の夕暮・シュタンツだより　ペスタロッチー　長田新訳
旧約聖書 創世記　関根正雄訳
旧約聖書 出エジプト記　関根正雄訳
旧約聖書 ヨブ記　関根正雄訳
新約聖書 福音書　塚本虎二訳
キリストにならいて　トマス・ア・ケンピス　大沢章　呉茂一訳

聖アウグスティヌス 告白　全二冊　服部英次郎訳
新訳 キリスト者の自由・聖書への序言　マルティン・ルター　石原謙訳
コーラン　全三冊　井筒俊彦訳
エックハルト説教集　田島照久編訳
シレジウス瞑想詩集　全二冊　植田重雄　加藤智見訳
霊操　イグナチオ・デ・ロヨラ　門脇佳吉訳・解説
ある巡礼者の物語　―イグナチオ・デ・ロヨラ自叙伝　門脇佳吉訳・注解
神を観ることについて　他二篇　クザーヌス　八巻和彦訳
アリストテレース 動物誌　全二冊　島崎三郎訳

《法律・政治》

- 人権宣言集 — 高木八尺・末延三次・宮沢俊義 編
- 君主論 — マキアヴェッリ／河島英昭 訳
- リヴァイアサン 全四冊 — ホッブズ／水田洋 訳
- 哲学者と法学徒との対話 —イングランドのコモン・ローをめぐる — ホッブズ／田中浩・重森臣広・新井明 訳
- 法の精神 全三冊 — モンテスキュー／野田良之・稲本洋之助・上原行雄・田中治男・三辺博之・横田地弘 訳
- ローマ人盛衰原因論 — モンテスキュー／田中治男・栗田伸子 訳
- 人間知性論 全四冊 — ジョン・ロック／大槻春彦 訳
- 市民政府論 — ロック／鵜飼信成 訳
- フランス二月革命の日々 —トクヴィル回想録 — トクヴィル／喜安朗 訳
- アメリカのデモクラシー 全四冊 — トクヴィル／松本礼二 訳
- 犯罪と刑罰 — ベッカリーア／風早八十二・五十嵐二葉 訳
- ヴァジニア覚え書 — T・ジェファソン／中屋健一 訳
- 権利のための闘争 — イェーリング／村上淳一 訳
- 法における常識 — P・G・ヴィノグラドフ／末延三次・伊藤正己 訳
- 近代国家における自由 — H・J・ラスキ／飯坂良明 訳
- 外交談判法 — カリエール／坂野正高 訳
- 近代民主政治 全四冊 — ブライス／松山武 訳
- ザ・フェデラリスト — A・ハミルトン、J・ジェイ、J・マディソン／斎藤眞・中野勝郎 訳
- フランス革命についての省察 全二冊 — エドマンド・バーク／中野好之 訳

《経済・社会》

- 国富論 全四冊 — アダム・スミス／水田洋 監訳／杉山忠平 訳
- 道徳感情論 全二冊 — アダム・スミス／水田洋 訳
- 法学講義 — アダム・スミス／水田洋 訳
- 人間の権利 — トマス・ペイン／西川正身 訳
- 戦争論 全三冊 — クラウゼヴィッツ／篠田英雄 訳
- 自由論 — J・S・ミル／塩尻公明・木村健康 訳
- 女性の解放 — J・S・ミル／大内兵衛・大内節子 訳
- ユダヤ人問題によせて・ヘーゲル法哲学批判序説 — マルクス／城塚登 訳
- 経済学・哲学草稿 — マルクス／城塚登・田中吉六 訳
- 新編輯版 ドイツ・イデオロギー — マルクス、エンゲルス／廣松渉 編訳／小林昌人 補訳
- 共産党宣言 — マルクス、エンゲルス／大内兵衛・向坂逸郎 訳
- 賃労働と資本 — マルクス／長谷部文雄 訳
- 賃銀・価格および利潤 — マルクス／長谷部文雄 訳
- マルクス 経済学批判 — 武田隆夫・遠藤湘吉・大内力・加藤俊彦 訳
- マルクス 資本論 全九冊 — エンゲルス 編／向坂逸郎 訳
- 文学と革命 全二冊 — トロツキー／桑野隆 訳
- ロシア革命史 全五冊 — トロツキー／藤井一行 訳
- トロツキー わが生涯 全二冊 — 森田成也・志田昇 訳
- 空想より科学へ — エンゲルス／大内兵衛 訳
- 家族・私有財産・国家の起源 — エンゲルス／戸原四郎 訳
- イギリスにおける労働者階級の状態 全二冊 —一九世紀のロンドンとマンチェスター — エンゲルス／一條和生・杉山忠平 訳
- 改訳 婦人論 全二冊 — ベーベル／草間平作 訳
- 帝国主義 — レーニン／宇高基輔 訳
- 金融資本論 全二冊 — ヒルファディング／岡崎次郎 訳
- ローザ・ルクセンブルクの手紙 — L・カウツキー 編／川口浩・松井圭子 訳
- 価値と資本 全二冊 —経済理論の若干の基本原理に関する研究 — J・R・ヒックス／安井琢磨・熊谷尚夫 訳
- シュムペーター 経済発展の理論 全二冊 — 塩野谷祐一・中山伊知郎・東畑精一 訳
- シュムペーター 経済学史 —学説ならびに方法の諸段階 — 中山伊知郎・東畑精一 訳
- 租税国家の危機 — シュムペーター／木村元一・小谷義次 訳
- 理論経済学の本質と主要内容 全二冊 — シュムペーター／大野忠男・木村健康・安井琢磨 訳

近代経済学の解明 全二冊　杉本栄一
世界をゆるがした十日間 全二冊　ジョン・リード 原光雄訳
ロシヤにおける革命思想の発達について　ゲルツェン 金子幸彦訳
古代社会 全二冊　L・H・モルガン 青山道夫訳
有閑階級の理論　ヴェブレン 小原敬士訳
社会科学と社会政策にかかわる認識の「客観性」　マックス・ヴェーバー 富永祐治・立野保男訳 折原浩補訳
プロテスタンティズムの倫理と資本主義の精神　マックス・ヴェーバー 大塚久雄訳
職業としての学問　マックス・ヴェーバー 尾高邦雄訳
社会学の根本概念　マックス・ヴェーバー 清水幾太郎訳
職業としての政治　マックス・ヴェーバー 脇圭平訳
古代ユダヤ教 全三冊　マックス・ヴェーバー 内田芳明訳
宗教生活の原初形態 全二冊　デュルケム 古野清人訳
社会学的方法の規準　デュルケム 宮島喬訳
金枝篇 全五冊　フレイザー 永橋卓介訳
マッカーシズム　ロービア 宮地健次郎訳
世論 全二冊　リップマン 掛川トミ子訳
産業者の教理問答 他一篇　サン＝シモン 森博訳

《自然科学》

改訳 科学と方法　ポアンカレ 吉田洋一訳
光学　ニュートン 島尾永康訳
ガリレオ・ガリレイ 新科学対話 全二冊　ガリレオ・ガリレイ 今野武雄・日田節次訳
星界の報告 他一篇　ガリレオ・ガリレイ 山田慶児・谷泰訳
種の起原 全二冊　ダーウィン 八杉龍一訳
自然発生説の検討　パストゥール 山口清三郎訳
ギルバト・ホワイト セルボーン博物誌 全二冊　寿岳文章訳
完訳 ファーブル昆虫記 全十冊　ファーブル 山田吉彦・林達夫訳
大脳半球の働きについて —条件反射学 全二冊　パヴロフ 川村浩訳
メンデル 雑種植物の研究　岩槻邦男・須原準平訳
アインシュタイン 相対性理論　内山龍雄訳・解説
因果性と相補性 —ニールス・ボーア論文集1　山本義隆編訳
量子力学の誕生 —ニールス・ボーア論文集2　山本義隆編訳
ハッブル 銀河の世界　戎崎俊一訳
パロマーの巨人望遠鏡　D・O・ウッドベリー 関正雄・湯澤博・成相恭二訳
生物から見た世界　ユクスキュル、クリサート 日高敏隆・羽田節子訳

ゲーデル 不完全性定理　林晋・八杉満利子訳

《東洋思想》

- 荀子 全二冊 金谷治訳注
- 易経 全二冊 高田真治・後藤基巳訳
- 論語 金谷治訳注
- 孟子 全二冊 小林勝人訳注
- 荘子 全四冊 金谷治訳注
- 新訂 孫子 金谷治訳注
- 荀子 全二冊 金谷治訳注
- 韓非子 全四冊 金谷治訳注
- 史記列伝 全五冊 司馬遷 小川環樹・今鷹真・福島吉彦訳
- 史記世家 全三冊 司馬遷 小川環樹・今鷹真・福島吉彦訳
- 春秋左氏伝 全三冊 小倉芳彦訳
- 千字文 小川環樹・木田章義注解
- 大学・中庸 金谷治訳注
- 仁学 —清末の社会変革論 譚嗣同 西順蔵・坂元ひろ子訳注
- 章炳麟集 —清末の民族革命思想 西順蔵・近藤邦康編訳
- ガーンディー聖書 エルベール編 蒲穆訳
- 真の独立への道 (ヒンド・スワラージ) M・K・ガーンディー 田中敏雄訳
- 随園食単 袁枚 青木正児訳註
- ユトク伝 —チベット医学の教えと伝説 中川和也訳
- インド思想史 J・ゴンダ 鎧淳訳

《仏教》

- ブッダのことば —スッタニパータ 中村元訳
- ブッダの真理のことば・感興のことば 中村元訳
- 般若心経・金剛般若経 中村元・紀野一義訳註
- 法華経 全三冊 坂本幸男・岩本裕訳注
- 浄土三部経 全二冊 中村元・早島鏡正・紀野一義訳註
- 臨済録 入矢義高訳注
- 碧巌録 全三冊 入矢義高・溝口雄三・末木文美士・伊藤文生訳注
- 無門関 西村恵信訳注
- 教行信証 親鸞 金子大栄校訂
- 歎異抄 金子大栄校注
- 親鸞和讃集 名畑應順校注
- 正法眼蔵 全四冊 道元 水野弥穂子校注
- 正法眼蔵随聞記 懐奘編 和辻哲郎校訂
- 道元禅師清規 大久保道舟訳註
- 一遍上人語録 —付 播州法語集 大橋俊雄校注
- 一遍聖絵 聖戒編 大橋俊雄校注
- 日本的霊性 鈴木大拙 篠田英雄校訂
- 新編 東洋的な見方 鈴木大拙 上田閑照編
- 仏教 全二冊 ベック 渡辺照宏・渡辺重朗訳
- ブッダ最後の旅 —大パリニッバーナ経 中村元訳
- 仏弟子の告白 —テーラガーター— 中村元訳
- 尼僧の告白 —テーリーガーター— 中村元訳
- ブッダ神々との対話 —サンユッタ・ニカーヤI 中村元訳
- ブッダ悪魔との対話 —サンユッタ・ニカーヤII 中村元訳
- 選択本願念仏集 法然 大橋俊雄校注
- 法然上人絵伝 全二冊 大橋俊雄校注

岩波文庫の最新刊

プリーストリー／橋本槇矩訳
イングランド紀行（上）

『夜の来訪者』で知られるプリーストリー（一八九四－一九八四）が、一九三〇年代のイングランド各地の印象を伝える古典的紀行。本邦初訳。（全二冊）
〔赤二九四－二〕　**定価六九三円**

ジュール・ヴェルヌ／朝比奈美知子訳
海底二万里（上）

その年、いくつもの船が海で〈何か巨大なもの〉に出くわしていた。それは長い紡錘形で、時に燐光を発し、クジラよりもずっと大きく、ずっと速かった。（全二冊）
〔赤五六九－四〕　**定価八四〇円**

ロペ・デ・ベガ／長南実訳
オルメードの騎士

黄金世紀スペインに燦然と輝く劇詩人ロペ・デ・ベガ（一五六二－一六三五）。オルメードの騎士ドン・アロンソとドニャ・イネースとの悲恋を謳った、その屈指の名作。
〔赤七三四－一〕　**定価六九三円**

坂口謹一郎
日本の酒

古い文明は美酒を持つ。蒸留酒並のアルコール度を誇る酒の文化史・社会史を探り、「火入」「生酛《きもと》」等、製法を語る。醸酵学の大家の日本酒読本。（解説＝小泉武夫）
〔青九四五－一〕　**定価六九三円**

……今月の重版再開……

夏目漱石
文学評論（上）（下）
〔緑一一－七・八〕　**定価六九三・七三五円**

田山花袋
東京の三十年
〔緑二一－二〕　**定価七三五円**

牛島信明編訳
セルバンテス短篇集
〔赤七二一－七〕　**定価八四〇円**

定価は消費税5%込です　　2007. 8.

岩波文庫の最新刊

プリーストリー／橋本槇矩訳
イングランド紀行(下)

不況下にあった当時のイングランド。作家ならではの視点で、各地の実情を主観性たっぷりに、興味深いエピソードをまじえて描き出す。(全二冊完結)〔赤二九四-二〕 定価七三五円

ジュール・ヴェルヌ／朝比奈美知子訳
海底二万里(下)

社会に対して激しい不信の念を抱くネモ船長とは何者？ その目的は？ インド洋から地中海、さらに大西洋を南下して南極へと波瀾万丈の航海が続く。(全二冊完結)〔赤五六九-五〕 定価九四五円

ソレル／今村仁司・塚原史訳
暴力論(上)

〈戦争と革命の二〇世紀〉を震撼させた書！ 国家の強制《フォルス》に対抗し、個人の自由と権利を擁護する、下からの暴力《ヴィオランス》を主張。新訳(全二冊)。〔白一三八-一〕 定価七九八円

ピエール・ガスカール／渡辺一夫・佐藤朔・二宮敬訳
けものたち・死者の時

人‐獣の境目を描く秀作「彼誰時《かはたれどき》」他「けものたち」六篇と、自伝的中篇「死者の時」が証す捕虜収容所、ユダヤ人移送、第二次大戦下の人間の真実。'53年ゴンクール賞。〔赤N五〇七-一〕 定価九〇三円

……今月の重版再開……

ファン・ルルフォ／杉山・増田訳
ペドロ・パラモ

定価五八八円〔赤七九一-一〕

清岡卓行編
金子光晴詩集

定価九四五円〔緑一三二-一〕

プラトン／森・池田・加来訳
法律(上)(下)

定価一一五五・一二六〇円〔青六〇二-〇・一〕

定価は消費税5％込です　2007.9.